AF145958

DUMPFLING

Eine satirische Erzählung von Günter Leitenbauer

Foto Titelseite: © Günter Leitenbauer

FSC
www.fsc.org

MIX

Papier aus ver-
antwortungsvollen
Quellen
Paper from
responsible sources

FSC® C105338

Vorwort des Autors

Diese kurze Erzählung ist, dies sei vorweg klargestellt, rein fiktiv, die Charaktere sind frei erfunden, die Schauplätze und Ortsnamen bis auf die größeren Städte Wels und Linz ebenso. Falls jemand dennoch glaubt, Charakterzüge seiner selbst oder anderer in den dargestellten Personen erkennen zu müssen, dann weiß er oder sie mehr als ich.

Ob sich eine Handlung in dieser Form wirklich so abspielen könnte?

Ich gehe davon aus, dass sich sicher nicht die gesamte Handlung, sehr wohl aber Teilhandlungen aus dieser Geschichte auf diese Weise oder sogar noch viel ärger, als wir uns das alle träumen lassen würden, in der Tat jeden Tag irgendwo in unserem Land so oder zumindest so ähnlich abspielen! Wir erfahren es nur meistens nicht. Wenn es um Korruption, Freunderlwirtschaft – Verzeihung: Lobbying heißt das heutzutage – oder Packelei geht, fehlt uns Normalbürgern wohl allen die nötige Fantasie, um uns vorzustellen, was da im Hintergrund wirklich läuft. Das ist vielleicht auch besser so.

Ich ersuche daher meine Leser, die Untertreibungen zu entschuldigen und verspreche, mich diesbezüglich bei der nächsten Geschichte bessern zu wollen.

Ob ich etwas gegen machtgeile Politiker habe?

Leider nichts Wirksames. Das gilt aber, um eventuellen Missverständnissen vorzubeugen, für alle politischen Färbungen gleichermaßen, zumindest insofern, wie sie ihre Macht missbrauchen und ihre Positionen schamlos ausnutzen. Ich war immer ein politischer Mensch, aber nie ein parteipolitischer.

Günter Leitenbauer, September 2015

„Es gibt zwei Dinge, die unendlich sind. Das Universum und die menschliche Dummheit. Beim Universum bin ich mir aber noch nicht ganz sicher."

Albert Einstein

1

In Dumpfling war die Hölle los, wenn man das für eine Gemeinde mit gerade einmal 800 Einwohnern überhaupt so sagen kann. Das kleine Dorf im oberösterreichischen Zentralraum hatte seinen großen Tag. Schließlich war heute die gesamte Bevölkerung auf den Beinen, um an diesem schönen Julitag an der großen Feier teilzunehmen. Weil man die 1100 Jahre damals verschlafen hatte, feierte man jetzt eben 1110 Jahre des Bestehens. Natürlich hatte es Stimmen gegeben, die gemeint hatten, man sollte besser noch ein Jahr warten, um dann eine wirkliche Schnapszahl feiern zu können, aber die Landtagswahlen waren nun einmal heuer und nicht erst nächstes Jahr, und – so meinte der Bürgermeister – da würde man im nächsten Jahr kaum den sehr verehrten Herrn Landeshauptmann beim Festakt begrüßen können. Von der stattlichen Beihilfe für das Fest seitens des Landes ganz zu schweigen!

Somit war das Fest beschlossene Sache, zumal im Gemeinderat das Wort des Bürgermeisters fast immer endgültigen Charakter hatte. Bürgermeister Josef Steinbrecher war schließlich lange genug im Amt, was ihm seiner Meinung nach als größtem Bauern im Ort auch zustand. Bei einer Mandatsverteilung von zehn Gemeinderäten aus seiner Partei, zwei Blauen und nur einem Alibiroten, wie er sich gerne schenkelklopfend am Stammtisch dazu auszudrücken pflegte, waren die

Machtverhältnisse in seiner Gemeinde noch in Ordnung. So fand er zumindest. Man hatte über die Jahre nicht ohne Grund sehr darauf geachtet, den Zuzug von „Häuslmännern", wie die Bauern die kleinen Hausbesitzer seit ewigen Zeiten nannten, hintanzuhalten. Die wählten womöglich oder sogar wahrscheinlich nicht schwarz, und so etwas braucht eine ländliche Gemeinde nicht. Aber das sagte er nur im Freundeskreis. Früher hätte man das ja noch offen äußern können, aber die Zeiten hatten sich leider geändert. Heutzutage durfte man ja nicht einmal mehr einfach drüberfahren, wenn so ein Häuslmann sich wegen des Jauchegeruchs im Ort beschwerte. Zumindest musste man den Schein wahren und sein Anliegen ernst nehmen. Das nervte ihn fürchterlich. Wer war zuerst dagewesen? Die Bauern. Keiner muss sein Haus in Dumpfling bauen, wenn es ihm zu viel stinkt, oder?

Weil es in einem Aufwaschen ging, feierte man auch gleich das vierzigjährige Bestehen der Filiale der örtlichen Genossenschaftsbank. Dass die schon über 41 Jahre bestand, brauchte man ja nicht breitzutreten. So war das ein schönes, großes Fest, und bis auf die Bettlägerigen war praktisch jeder gekommen. Kein Wunder, dachte sich Steinbrecher, die Gratiswürstel und das Freibier lässt sich keiner entgehen. Ihm sollte es recht sein. Der alte Pfarrer hielt gerade seine Predigt. Natürlich stand am Anfang der Feier eine Feldmesse am Ortsplatz. Der Landeshauptmann war zwar noch nicht da, aber in Wahlzeiten musste man froh sein, wenn der wenigstens eine halbe Stunde erübrigen konnte. Ha! Der Pfarrer hatte doch glatt eine Bibelstelle gefunden, die auf die Bank passte. Respekt! Das Gleichnis von den Talenten. Nicht einmal Steinbrecher wäre darauf gekommen.

„Was will uns Jesus mit diesem Gleichnis sagen?" hörte er den Pfarrer sprechen. „Ich will hier nicht dem Kapitalismus das Wort reden, aber dass das Geld in der örtlichen Bank sicher aufgehoben ist und sich dort vermehrt, hat auch sein Gutes. Lasst uns Gott danken, dass wir in unserem kleinen Ort noch eine eigene Filiale haben. Das ist nicht selbstverständlich, wie ihr wisst, liebe Brüder und Schwestern."

Die kleine Geldspende der Gemeinde für die Renovierung des Pfarrhofes hatte anscheinend gewirkt, stellte Steinbrecher fest. Er war natürlich auch im Vorstand der Bank, jedenfalls für die örtliche Filiale. Die Bank war ja österreichweit genossenschaftlich organisiert und mittlerweile ein Machtfaktor, mit dem sich nicht einmal die Politik anzulegen wagte. Böse Zungen behaupteten, eigentlich säße der oberösterreichische Chef der Genossenschaftsbank öfter im Landhaus als in seinem Büro, das würde die Befehlswege im Land verkürzen und an den politischen Tatsachen nicht viel ändern. Das war natürlich übertrieben, aber dass das Land nichts gegen den Willen der „Kassa", wie man die Bank landläufig abkürzend nannte, unternahm, war ein hinreichend bekanntes Faktum, auch wenn keiner davon sprach.

Im Grunde genommen war der Steinbrecher so religiös wie Karl Marx, daher interessierte ihn die Messe nicht wirklich. Aber selbstverständlich musste er den Schein waren und vertrieb sich die Zeit, nach außen hin andächtig lauschend, indem er seinen Blick durch die großteils in Tracht erschienene Bevölkerung schweifen ließ. Mal sehen, wer da heute nicht gekommen ist, dachte er. Es dauerte ein paar Minuten, dann fiel ihm auf, dass der Kernbauer fehlte. Der alte Querulant. Kernbauer hieß er nicht wirklich, das war nur der Vulgoname bzw. Hausname, wie man hier in Dumpfling dazu sagte. Er hieß eigentlich Leopold Dörflinger und war eine Schande für den Bauernstand. Dass er seit Jahren auf Biobauer umgesattelt hatte, könnte man ihm ja noch verzeihen. Aber dass er seine Produkte selbst vermarktete und überall herumnörgelte, die Bauern müssten sich als Unternehmer sehen und der Förderungswahnsinn müsse eingeschränkt werden, das war praktisch Hochverrat. So etwas erwartete man sonst höchstens von einem, der keinen blütenweißen Agrariernachweis bringen konnte, aber doch nicht von einem Mitglied des Bauernstandes! Steinbrecher hatte nachgeforscht und wollte ihn bloßstellen, aber der Kerl bezog anscheinend wirklich keinen Cent an Förderungen. Die Transparenzdatenbank für landwirtschaftliche Förderungen hatte man auf Druck des Bauernbundes zwar wieder ohne allzu großes Aufsehen abschaffen lassen, aber natürlich hatte er als langjähriger Bürgermeister genügend Kontakte, um diese Informationen jederzeit einsehen zu können.

Der Kernbauer! Eh nur grad ein paar Joch Grund, damit konnten andere grad mal im Nebenerwerb über die Runden kommen! Noch dazu bekennender Grüner. Dieses linke Gesindel! Und sein Schwager Max war Unternehmer und hatte eine gutgehende Tischlerei. Weiß der Teufel, was der wählte, aber sicher nicht schwarz, vermutlich sogar diese rosaroten Spaßvögel. Der schimpfte ja grundsätzlich auf alle Parteien. Passt zum Leo, dachte Steinbrecher, dass der heute nicht da ist. Na, das wird hier keinen groß stören.

*

Leopold Dörflinger wusste von den Gedanken des Bürgermeisters nichts. Er würde auch nie etwas davon erfahren. Leopold Dörflinger trieb leblos mit dem Gesicht nach unten in der Jauchegrube seines Biobauernhofs und wartete darauf, dass ihn jemand entdeckte.

2

Max Nagler war spät dran. Auch wenn Sonntag war, hatte er wie üblich noch seit sechs Uhr morgens in seiner Tischlerei gearbeitet. Als Jungunternehmer kannte er kaum einen Feiertag. Vielleicht würden es seine Kinder einmal etwas leichter haben, aber wenn man ein Unternehmen gründete, musste man eben damit rechnen, dass die Freizeit zu kurz kam.

Er dachte an die Gründung zurück. Vor zehn Jahren hatte er in einem Schuppen hinter seinem Haus angefangen, in seiner Freizeit Möbel zu reparieren. Als die Aufträge mehr wurden, hatte er das Gewerbe und auch gleich seine Gattin angemeldet. Martha hatte einfachere Arbeiten tagsüber erledigt, während er in der Arbeit war. Der große Tischler im Ort, er hieß bezeichnenderweise Nagel, beschäftigte etwa zwanzig Mitarbeiter. Die Tischlerei Nagel gab es, seit man denken konnte. Selbst sah man ihn nicht mehr so oft in der Firma, seit er im Gemeinderat saß. Keine Woche, nachdem Max das Gewerbe nebenberuflich angemeldet hatte, hatte der Nagel ihm gekündigt. Eine weitere Woche darauf war der Arbeitsinspektor unangemeldet erschienen und hatte ihm den Schuppen zusperren wollen. Erst als Max zugesichert hatte, dass außer ihm keiner mehr darin arbeiten würde, hatte er murrend davon Abstand genommen.

Doch das war noch nicht alles, wie Max sich erinnerte, und als er daran dachte, stieg ihm sofort wieder die Zornesröte ins Gesicht. Er konnte sich noch sehr gut an den mysteriösen Anruf aus Linz erinnern. Zuerst hatte er sich nicht ausgekannt, was diese Dame wollte, die sich als Sekretariat des Landesrats Dr. Trippsch vorstellte, aber später hatte er sich die Sache zusammengereimt.

Auslöser dürfte sein Bauvorhaben gewesen sein. Er hatte die Pläne zu einem Hallenbau für seine kleine Tischlerei eingereicht und war sich sicher, dass es da keine Probleme geben würde. Der geplante Bau lag im ausgewiesenen Betriebsbaugebiet, es gab daher keine direkten Anrainer, und er hatte dem planenden Baumeister aufgetragen, ja alle Bauvorschriften im Plan peinlichst einzuhalten. Die Bauverhandlung war anberaumt, und er erwartete, dass alles ohne Probleme über die Bühne gehen sollte.

Dann kam ein paar Tage vor der Verhandlung dieser Anruf.

„Sekretariat Landesrat Dr. Trippsch, Grüß Gott Herr Nagel. Ich soll Ihnen vom Herrn Landesrat ausrichten, dass die Sache mit der Bauverhandlung nächste Woche wie besprochen laufen wird."

Nagler wunderte sich zuerst nicht, als „Herr Nagel" angesprochen zu werden. Das passierte ihm öfter. Aber was hatte der Verkehrslandesrat mit seiner Bauverhandlung zu tun?

„Ich kenne mich jetzt nicht recht aus, Frau ..."

„Elisabeth Dorfer. Sie waren doch letzte Woche bei uns, Herr Nagel?"

Er hörte etwas Unsicherheit aus ihrer Stimme.

13

„Ich fürchte, Sie haben mich verwechselt. Ich heiße Nagler, nicht Nagel."

Jetzt hörte er gar nichts. Nein, doch! Es schien ihm, als würde die Dame am anderen Ende der Leitung erschrocken durchatmen. Dann war die Verbindung plötzlich unterbrochen. Er schüttelte den Kopf und ging zurück an seine Arbeit, doch die Sache ließ ihn den ganzen Tag nicht mehr los. Aber irgendwie passte das alles nicht zusammen, und er hatte viel zu tun, daher beschloss er, sich darüber nicht weiter Gedanken zu machen. Und als er spätabends die Arbeit niederlegte, hatte er die Sache vergessen.

Dann kam die Bauverhandlung. Sie dauerte genau zehn Minuten. Der Bürgermeister erklärte, dass über das für den Bau vorgesehene Grundstück eine Umfahrungsstraße geplant war und das Bauvorhaben daher zurückgestellt werden müsste. Damit sei die Bauverhandlung leider hinfällig. Das war's! Weiter wäre dazu nichts zu sagen.

Und jetzt erst wurde Max Nagler einiges klar. Auch was Verkehrslandesrat Dr. Werner Trippsch, ein Parteifreund des Bürgermeisters und auch ein Bekannter des Gemeinderats und Tischlereiinhabers Nagel, mit der Sache zu tun hatte. Anscheinend wollte der Nagel keine Konkurrenz im Ort und hatte mit dem Bürgermeister und dem Landesrat kurzerhand eine Umfahrungsstraße erfunden. Der Anruf seiner Sekretärin war ein glücklicher

Zufall, sie hatte sich im Namen geirrt und ihn statt Nagel angerufen. Seinen Neubau konnte er vergessen und damit wohl auch seine Firma. Der Schuppen war von Anfang an nur eine Notlösung gewesen, und er wusste, dass die Gewerbebehörde und das Arbeitsinspektorat niemals dulden würden, dass er dort Mitarbeiter beschäftigte. „Schwarze Mafia!" murmelte er und dachte nach, was er da unternehmen könnte.

Sein Schwager! Der kannte doch einen Landtagsabgeordneten. Das war zwar auch ein Schwarzer, aber vielleicht könnte man den um Hilfe bitten. Sein Schwager, also unsere Leiche Leo, der aber damals noch quicklebendig gewesen war, meinte, der Abgeordnete wäre die Integrität in Person, ein grader Michl sozusagen!

Max hatte dann nach kurzem Überlegen seinen Schwager angerufen, und der kurz darauf seinerseits seinen Bekannten. Der wiederum kannte als gestandener Jäger den damaligen Landeshauptmann persönlich sehr gut und hatte diesen umgehend am Telefon. Eine Woche später hatten sie zu dritt einen Termin beim damaligen Landeshauptmann. Nach kurzer Erläuterung, worum es ging, stand dieser auf und bat die drei, nämlich Max, seinen Schwager und den Bekannten des Schwagers, mit ihm zu kommen. Sie gingen ein paar Türen weiter ins Büro des Verkehrslandesrates.

„Grüß Dich, Werner!" meinte der Landeshauptmann. „Sei so nett und zeige mir doch mal bitte auf dem Plan die neue Umfahrungsstraße in Dumpfling!"

Der Rest war an Peinlichkeit schwer zu überbieten. Dr. Trippsch schoss von einem Plan zum nächsten und wieder zurück, und ließ andere Pläne bringen, aber nirgends war eine Umfahrungsstraße eingezeichnet. Schließlich musste er zugeben, dass „das Planungsvorhaben noch nicht über Grundsatzüberlegungen hinaus gediehen war."

Zwei Wochen später ging die zweite Bauverhandlung ohne Probleme über die Bühne.

Zwei Monate später trat Landesrat Dr. Trippsch überraschend zurück, um eine „fantastische, neue Herausforderung im Landesvorstand der Genossenschaftsbank" anzunehmen, wobei er sich „über diese Chance einer neuen beruflichen Herausforderung sehr glücklich" zeigte.

An all das dachte Max, und er war heute noch zornig. Er hatte nie wieder die schwarzen Haderlumpen, wie er sie ab da nur noch nannte, gewählt. Er sah auf die Uhr. Verflixt, er war spät dran! Er wollte doch mit seinem Schwager auf das Fest. Die Freude, dass sie der Veranstaltung fernblieben, wollten die beidem dem Bürgermeister Steinbrecher nicht machen. Außerdem hatte der Leo irgendwas vor, aber er sagte, das sollte eine Überraschung werden. Sie würden heute allerdings alleine gehen müssen, denn ihre Familien waren gemeinsam ein paar Tage nach Kärnten gefahren. Der Urlaub würde seiner Frau Martha und ihrer Schwester Anja, der Frau vom Leo, sicher guttun. Die beiden Frauen arbeiteten wirklich genug. Und auch den drei Kindern, seinen beiden Töchtern und Leos Sohn Martin, würde es sicher gefallen, auch wenn die drei langsam zu alt wurden für gemeinsame Urlaube.

Also legte er sein Werkzeug nieder, sperrte die Halle – er nannte sie „seine Werkstatt" – zu und ging die paar Schritte zum Kernbauern hinüber.

3

In Ganshofen saß der Polizeibeamte Gerhard Sonnbauer in seinem Wachzimmer und las sein geliebtes „Spektrum der Wissenschaft". Eigentlich wollte Sunny, wie ihn fast alle nannten, Wissenschaftler werden, aber dazu hatte es irgendwie nicht gereicht, und so ging er in der siebten Klasse nach einer „Ehrenrunde" vom Gymnasium ab und machte seinen Wehrdienst, um sich danach bei der Polizei zu bewerben. Auch wenn sich der schulische Erfolg nicht ganz so präsentierte, wie er das gerne gehabt hätte, wusste er doch, dass er im Grunde genommen ein schlauer Bursche war. Jedenfalls erfüllte er mit Sicherheit nicht das Klischee vom „depperten Dorfkiwara". Leider – oder Gott sei Dank – passierte in Ganshofen und den Nachbargemeinden, für die er zuständig war, praktisch nie etwas, wobei er seine Intelligenz beweisen konnte. Er war sich selbst nicht ganz im Klaren darüber, ob ihm das nun gefiel oder nicht. Das war aber auch egal. „Es ist, wie es ist!", war einer seiner Lieblingssätze, und man kann sagen, was man will, aber dieser Satz war noch nie widerlegt worden.

Sein Kollege, der mit ihm Dienst hatte, war vor drei Stunden „kurz weg" gegangen. Sunny hatte ihn wie üblich nicht gefragt, warum und wohin. Er war froh, beim Lesen seine Ruhe zu haben. Es hätte ihn auch nicht sonderlich berührt, wenn er gewusst hätte, dass der Ernstl gerade alles andere als weg war. Vielmehr kam er gerade. Nur eben nicht ins Postenbüro sondern bei seiner heimlichen Geliebten, der Dorfschönheit Sonja. Der Ernstl war verheiratet, aber wer seine Frau kannte, hätte ihm das sicher nicht verübelt. Das war nun wirklich eine Beißzange, wie sie im Buche stand. Irgendwie ahnte Sunny von alledem das meiste, aber: „Was ich nicht weiß, macht mich nicht heiß!", eine andere seiner Standardfloskeln.

„Die dunkle Energie revolutioniert unsere Sicht vom Universum". Der Artikel hatte es in sich. Er hatte noch nicht einmal genau kapiert, was die dunkle Materie war und warum sie dafür sorgen sollte, dass das Universum in seiner Ausdehnung gebremst wird und irgendwann in einigen Milliarden Jahren zum Big Crunch wieder in sich zusammenstürzen sollte, da postulierten die Kosmologen jetzt eine „dunkle Energie", die das alles wieder auf den Kopf stellte, was man gerade mit viel Mühe verstanden zu haben glaubte. Das Universum würde sich angeblich immer schneller und schneller ausdehnen und irgendwann ...

Das Telefon unterbrach seine Gedanken mit einem mehr als nervigen Klingelton. „Atemlos" musste der Ernstl am Diensthandy einstellen! Er konnte die Musik dieser volksdümmlichen Tussi nicht ausstehen, aber der Ernstl war – noch und zumindest nominell – sein Vorgesetzter, und wegen so etwas würde er keinen Streit heraufbeschwören. Der Ernstl war nun einmal ein Fan von Schlagern und volkstümlicher Musik und insbesondere ein glühender Verehrer der schönen Helene.

„Polizei Ganshofen, Sonnbauer", meldete er sich und fügte in Gedanken hinzu: „Ich hoffe, es ist wichtig und nicht wieder nur ein harmloser Spaziergänger, den eine übereifrige Oma für einen Terroristen hält."

„Sunny, bitte komm sofort!"

Er kannte die Stimme. Das war doch Max? Er spielte mit ihm manchmal Tennis, wenn dieser selten genug einmal ein paar Stunden Freizeit hatte. Max verlor jedes Mal haushoch, und der Verlierer zahlte das Bier danach. Er spielte gern mit Max!

„Was ist los, Max?"

„Leo ist in der Jauchegrube ertrunken."

*

Etwa zwölf Minuten später trafen drei Fahrzeuge zugleich in Dumpfling ein. Einerseits kam endlich der sehr verehrte Herr Landeshauptmann in seiner Luxuskarosse. Andererseits störten die Sirenen und Blaulichter der Rettung und der Polizei – Sunny war gefahren wie die Feuerwehr – die sonntägliche Festidylle ein wenig, zumal der kleine Kernbauerhof praktisch mitten im Ort lag, nur etwa hundert Meter vom Ortsplatz entfernt. Wobei in diesem Ort irgendwie alles mitten im Ort lag, wo auch sonst bei nur 800 Einwohnern?

Die Festbesucher waren in einer emotionalen Zwickmühle. Neugier ist am Land ein weit verbreitetes Leiden, aber Gratiswürstel und Freibier sind natürlich auch ein Argument, dem man sich und den Mund kaum verschließen kann. Und so wollten die meisten die Veranstaltung nicht stören, was eine willkommene Ausrede war, um zwar der Rettung und der Polizei interessiert nachzublicken und mit dem Sitznachbarn ein paar Sätze wie „Was wird denn da los sein?" auszutauschen, aber ansonsten brav am Fest zu bleiben. Zumal es ein wirklich wunderschöner, warmer Tag war. Da schmeckte das Bier besonders gut.

Dem Leo Dörflinger war das schon lange alles egal, ihn störte nicht einmal mehr der Jauchegeruch. Der war nämlich noch immer tot.

*

Während also der sehr verehrte Herr Landeshauptmann seine wie üblich launige, von kleinen Auf- und Niederbewegungen (das hatte ihm noch kein Spindoktor abgewöhnen können, weshalb man ihn hinter vorgehaltener Hand auch gerne „Jumping Joe" nannte) begleitete Rede hielt, die hier aber kaum interessieren dürfte, zumal Vorwahlreden generell entweder inhaltsleer oder gelogen sind, spielte sich am Kernbauerhof folgendes ab, beziehungsweise hatte es sich schon etwas vorher abgespielt:

Max hatte seinen Schwager abholen wollen und war, wie es in Dumpfling überall üblich war, durch die nicht versperrte Tür einfach ins Haus gegangen und hatte nach Leo gerufen. Als dieser nicht reagiert hatte, ging er nach hinten in Richtung Stall. Vielleicht war der Leo ja noch schnell zu seinen Rindviechern gegangen, bevor sie beide zu den Rindviechern aufs Fest gehen würden, dachte er und lachte still in sich hinein.

Das Lachen war ihm in dem Moment vergangen, als er Leo in der offenen, wenn auch eingezäunten Jauchegrube liegen sah. Normalerweise hätte er da zwar untergehen müssen, aber er hatte gestern das meiste davon ausgebracht. Schon auch ein wenig, damit die Festgäste ihre Würstel in der würzigen Landluft genießen konnten, doch das war ein anderes Thema. Jedenfalls lag der arme Leo jetzt mit dem Gesicht nach unten im Dreck. Viel mehr in der Scheiße stecken konnte man eigentlich gar nicht.

An all das dachte Max in diesem Augenblick nicht. Er war schlicht und einfach entsetzt und schockiert, packte einen in der Nähe stehenden Rechen, kletterte über den eigentlich viel zu niedrigen Schutzzaun und zog Leo zu sich. Irgendwie verlieh ihm seine Panik die Kräfte, die nötig waren, um Leo über den Zaun zu ziehen, hinzulegen und mit seinem Stofftaschentuch das Gesicht abzuwischen. Leo atmete nicht. Er fühlte sich auch irgendwie kühl an. Er legte sein Ohr an Leos Brust. Nichts!

Max rief sofort die Rettung und dann die Polizei an und versuchte dann Leo wiederzubeleben, obwohl er wusste, wenngleich nicht wahrhaben wollte, dass das wohl ziemlich zwecklos sein würde.

*

Der Rotkreuzstützpunkt lag nicht in Ganshofen sondern in Kulmbach. Kulmbach lag verkehrsgünstig an der Bundesstraße und bildete mit Ganshofen und Dumpfling in etwa ein gleichschenkeliges Dreieck mit einer Kantenlänge von circa acht Kilometern. Als der Notruf am Stützpunkt einging, waren der Sanitäter und sein Zivildiener, die beide launigerweise auf den Namen Kevin hörten, gerade bei einer Partie Idiotenschach, wie sie es nannten. Sie vertrieben sich gerne die Zeit mit Kartenspiel, wenn nichts los war – und es war meistens nicht viel los. Es gab diese Fixtermine, wo bestimmte Patienten zur Dialyse zu fahren und dann wieder abzuholen waren, und wenn das Wetter sehr heiß war, wurde ihnen aufgrund der diversen Kreislaufprobleme vor allem älterer Menschen selten fad, aber ansonsten war das Leben hier angenehm ereignislos.

Das änderte sich an diesem Sonntag schlagartig, als der Anruf aus Dumpfling einging. Sie legten die Karten weg, was Kevin (den Zivildiener Kevin muss man klärenderweise dazu sagen), mächtig ärgerte, weil er diese Runde haushoch gewonnen hätte, da war er sich ganz sicher. Und damit hätte Kevin, also sein Boss, heute das Geschirr abwaschen müssen. Stattdessen zogen sie sich jetzt die roten Jacken an und sprangen ins Rettungsauto. Wenigstens blau fahren, dachte Kevin, der Zivi. Blau fahren hieß in ihrer Sprache mit Blaulicht und Folgetonhorn, und das war nur in Notfällen erlaubt und faszinierte ihn immer noch, obwohl er jetzt schon drei Monate bei der Rettung war, was er einem Dienst mit der Waffe bei weitem vorzog.

„Was ist eigentlich los, Boss?" fragte er seinen Vorgesetzten. Er nannte ihn Boss, obwohl es mehr ein freundschaftliches Miteinander war als ein Vorgesetzten-Untergebenen-Verhältnis. Sein Vorgesetzter hasste diese

Anrede, und genau deswegen hörte er sie auch bei jeder sich bietenden Gelegenheit.

„Irgend so ein Trottel hat sich in der Jauchegrube ersäuft. Vermutlich tot, aber hinfahren müssen wir. Können sich diese Lebensmüden nicht einfach mit Tabletten um die Ecke bringen, verdammt nochmal?"

„Oh. Vorschlag, Boss: Ich wasche nachher das Geschirr ab und du übernimmst den Typen, ok?"

„Du kannst mich mal!"

„Wasch dir dein Gesicht selber, Boss!" Kevin grinste.

Sechs Minuten später waren sie vor Ort. Sie sahen, dass auch die Polizei gerade eintraf und mussten an der Kreuzung warten, bis die Limousine vorbei war. Sicher ein hohes Tier. In einigen Wochen standen Wahlen bevor.

*

Dem armen Kerl war nicht mehr zu helfen, das sahen Kevin und Kevin auf den ersten Blick. Sie riefen einen Arzt, der den Tod feststellen sollte. Es musste alles seine Ordnung haben. Mehr konnten und wollten sie hier nicht tun. Wie das stank! Boss-Kevin beschloss, irgendwann einmal eine Broschüre mit einer Anleitung zu einem sauberen Selbstmord herauszubringen: „Wie entleibt man sich richtig, ohne damit Angehörige und den Rettungsdienst über die Maßen zu belasten?"

Sunny sah sich Leo genauer an. Natürlich kannte er ihn, wenngleich nicht besonders gut. Wenn er sich recht erinnerte, hatte ihn Leo vor einigen Wochen angerufen und darum ersucht, dass sich Sunny und seine Kollegen an der Ortsausfahrt von Dumpfling öfter mal mit der Radarpistole positionieren sollten, weil auf der schnurgeraden Strecke viele am Ortsschild schon locker neunzig oder hundert Sachen drauf hatten. Noch war da nie etwas passiert, aber da wohnten Kinder, ließ er sie wissen, und man müsse ja nicht immer warten, bis erst etwas passierte, oder? Sunny hatte zugesagt und dann doch darauf vergessen. Einer der Hauptraser war der Gemeindesekretär von Dumpfling, und das war ein Busenfreund des Ganshofener Bürgermeisters, weil sie beide in der Musikkapelle spielten. Besser also, sich da nicht mit einem unüberlegt aufgestellten Radar selbst in eine unangenehme Lage zu bringen.

Leo war offensichtlich nicht durch die Türe im Sicherheitszaun gegangen, denn die war verschlossen, sondern über den Zaun gestiegen und dann ausgerutscht. Ein Blutfleck samt einigen Haaren an der Betonumrandung der Güllegrube und eine Platzwunde an seinem Hinterkopf legten die Vermutung nahe, dass er bei diesem Sturz bewusstlos geworden und in der Folge in der Jauche ertrunken oder erstickt war. Der Arzt würde das genau feststellen und eigentlich war die Sache damit wohl ohne großen Papierkrieg zu erledigen. Kein Grund

25

hier eine gerichtsmedizinische Untersuchung anzufordern. Vor allem am Sonntag! Das würde ihm höchstens einiges an vermeidbarem Ärger einbringen.

„Wir wollten zum Festakt. Ich kam her, um Leo abzuholen und fand ihn hier. Wie soll ich das nur der Anja sagen? Die ist mit meiner Frau und den Kindern in Kärnten auf Urlaub, und jetzt ist der Leo tot. Einfach so."

Max hatte Tränen in den Augen. Er hatte Sunnys noch gar nicht ausgesprochene Frage beantwortet. Erst jetzt sah Sunny auch, dass Leo in der Tat einen Sonntagsanzug trug. Was zum Teufel wollte er in dieser feinen Panier bei der Jauchegrube erledigen? Sunny stutzte und beschloss, den Gerichtsmediziner vielleicht doch noch anzurufen. Irgendwas stank an der Geschichte, und das war nicht nur die Leiche.

4

Der sehr verehrte Herr Landeshauptmann hatte seine Rede gehalten. In Anbetracht seines vollen Terminkalenders glücklicherweise eine kurze, wie sich wohl die meisten der anwesenden Auf-die-Würstl-Wartenden denken mochten. Er erinnerte daran, dass in Zeiten wie diesen das Land eine stabile Regierung bräuchte, die über Jahrzehnte bewiesen habe, dass sie das auch könne. Regieren nämlich. Und nicht etwa eine blaue Buberlpartie. Applaus und Schenkelklopfen, Tusch der Musikkapelle! Aber wenn die Vorhersagen stimmten, würden sie trotzdem den regierenden Parteien eine saftige Watschen verpassen, die frenetisch klatschenden Festbesucher. Auch wenn es in Dumpfling zwar keinen einzigen Asylwerber gab und überhaupt kaum Migranten – Ausländer soll man in diesem Zusammenhang ja nicht mehr sagen – und auch wenn kaum einer der Anwesenden je einmal einem Asylwerber auch nur begegnet war, geschweige denn dass etwa seine Frau von einem vergewaltigt worden wäre (manche hätten es ihr vielleicht insgeheim sogar gegönnt) oder sein Haus von organisierten Asylantenhorden ausgeraubt worden wäre, in einem waren sie sich alle einig: Das war wirklich ein Problem, das nur die Blauen lösen konnten. Es brauchte einen starken Mann, jawohl!

Bevor der sehr verehrte Herr Landeshauptmann ans Rednerpult getreten war, hatte natürlich auch die Vertretung der Gemeinde eine Rede zu halten, was normalerweise des Bürgermeisters Aufgabe gewesen wäre. Nun war das aber in Dumpfling so eine Sache ... der Bürgermeister war nicht gerade das, was man einen begnadeten Rhetoriker vor dem Herrn nennen mochte. Wenn man in einer Rede etwa zehn Mal Sätze hört wie: „Indem dass die Zusammenhaltung in unserem schönen Ort eine ganz eine gute ist!", da muss man als Gemeinderat einfach etwas unternehmen. Und so hatte man sehr subtil und sensibel den Bürgermeister schon vor Jahren darauf aufmerksam gemacht, dass ihm bei der vielen Arbeit nicht auch noch zumutbar wäre, die Reden zu halten und hatte den deutlich eloquenteren Vizebürgermeister Nagel – ja genau, den Tischlereiinhaber – verdonnert, diese undankbare Aufgabe zu übernehmen, was dieser seither bei den diversen Gelegenheiten auch zur vollsten Zufriedenheit des zusammenhaltenden Ortes tat.

Jedenfalls waren die Reden kurz und deftig, dem Anlass angemessen, wenn man so wollte, und nachdem er noch die diversen honorigen Hände geschüttelt hatte, sprang – ja, das konnte man wirklich und wahrhaftig springen nennen – der sehr verehrte Herr Landeshauptmann in seine Limousine, und auf ging es zum nächsten Event. So ein Spitzenpolitiker hat es eben schwer, vor allem in Wahlkampfzeiten.

Der Steinbrecher war schon ein wenig auf Nadeln gesessen. Er war von Natur aus ziemlich neugierig, und natürlich war ihm keineswegs entgangen, dass Rettung und Polizei in Richtung Kernbauerhof gefahren, nein eigentlich eher gerast waren. Und weil grad sein Freund, der alte Nagel, daneben stand, gab er ihm einen Wink mit dem Kopf und verließ die nunmehr recht ruhige Veranstaltung – wenn die Leute den Mund voll haben, ist es immer ruhig – in Richtung Kernbauerhof. Das waren ja grad ein paar Schritte. Irgendwie wunderte es ihn, dass nicht mehr Leute auf diese Idee gekommen waren, aber was weiß man schon, was in diesen Stimmviehköpfen vorging.

So gingen die beiden also los und tauschten sich am Weg mutmaßend darüber aus, was da wohl vorgefallen sein könnte, kamen aber natürlich nicht auf die Idee, dass der Leo in der Jauchegrube seinen letzten Odem ausgeblubbert haben könnte.

*

Der Sunny fand es nicht nötig, den Tatort, wenn man ihn so nennen wollte, mit einem gelben Absperrband zu sichern. Wenn man es genau nimmt, hatte er das Band nicht einmal mit. Wenn man es noch genauer nimmt, dann wusste er nicht einmal, ob sie auf dem Posten überhaupt irgendwo so ein Band liegen hatten. Auch wenn er bei sich dachte, dass er das eigentlich schon ganz gern einmal machen würde. „Police Line – do not cross!" Wie hieß das eigentlich auf Deutsch?

Und so konnte daher auch jeder mehr oder weniger ungehindert an den Tatort, wir nennen ihn jetzt einfach mal so, herankommen, und genau das taten der Bürgermeister Steinbrecher und der Tischlermeister Nagel in diesem Moment auch.

„Was ist denn da los?" fragte der Steinbrecher, den Sunny aus irgendeinem Grund einfach nicht ausstehen konnte.

29

Und wenn man Sunny kennt, weiß man, dass man das merkt, wenn einen der nicht mag.

„Bitte vom Tatort zurücktreten!“, antwortete daher Sunny etwas lauter und herrischer, als er das für gewöhnlich wohl getan hätte, und so etwas geht natürlich im Hoheitsgebiet eines Ortskaisers vom Formate des Steinbrechers gar nicht.

„Was für ein Tatort? Ist was verbrochen worden?“, fragte der Steinbrecher schon leicht säuerlich und dachte sich, dass es schon gepasst hatte, dass er den Ganshofener Pflasterhirschen nicht gegrüßt hatte. Und da sah er, dass da hinten offenbar ein Körper lag. Gut sehen konnte er es nicht, weil Kevin und Kevin davor standen, aber man sah die in den Sonntagsschuhen steckenden Beine etwas hervor lugen und – meine Güte, die waren ja voller Schlamm!

Der Nagel redete nicht viel. Das war eher ein Mann der Tat. Und so fragte er auch gar nicht lange sondern ging schnurstracks hinüber, schob die beiden Rotkreuzler auseinander und sah die Sauerei, noch bevor der Sunny irgendetwas dagegen hätte unternehmen können. „Der Kernbauer!“, rief er zum Steinbrecher hinüber, „Der schaut nicht gut aus, Sepp!“

„Hat er eh noch nie.“

Der Steinbrecher und der Nagel waren, wie man merkt, zwei wahrhaftig feinfühlige Zeitgenossen, denen man den Takt ganz offensichtlich weder vor noch während ihrer Zeit bei der Musikkapelle eingetrichtert hatte, der war naturgegeben.

„Na, der ist hin, Sepp!", konnte der Nagel es nicht fassen, „Mausetot!"

Wie das alles auf Max Nagler wirken musste, kann man sich, wenn man mit etwas Empathie gesegnet ist, wohl vorstellen. Und weil der Max nicht gerade dafür bekannt war, ein Phlegmatiker zu sein, ging er plötzlich die paar Schritte auf seinen ehemaligen Chef zu, und bevor jemand reagieren konnte, saß die Nagelnase auch schon leicht lageverschoben im verblüfften Gesicht des Tischlermeisters. So eine Nase ist ein fragiles Ding, und wenn man mit der Faust schräg seitlich einen intensiven Kontakt herstellt, dann macht es einen Knacks, den man auch aus ein paar Metern Entfernung noch hören kann, und sie disloziert instantan, wie das ein Arzt ausdrücken würde.

Ins Schmerzensgebrüll des aus dem dezent schräg stehenden Geruchswerkzeug blutenden Naglers mischte sich ein Schrei des Polizisten, der – aus der Sicht der Nase leider zu spät – dazwischen ging und Max' Faust an weiteren gesetzeswidrigen Expeditionen in des Tischlermeisters Antlitz abhielt. Der Bürgermeister hatte

31

das alles nicht mitbekommen, weil er natürlich gerade dabei war, sich den Toten zu betrachten. Als er sich umdrehte und den blutenden Freund sah, war ihm aber sofort klar, was da passiert sein musste und er ging seinerseits auf den Max los, stolperte aber über den Verbandskasten der Rotkreuzler und schlug sich die Wange am Betonboden blutig, bevor er auch nur in die Nähe kam.

Es war ein heilloses Durcheinander, und wenn der Anlass nicht so traurig gewesen wäre, hätte es einer gewissen Situationskomik nicht entbehren mögen. Aber so hatten die Sanitäter wenigstens die Fahrt nicht umsonst gemacht.

Als sich die Situation etwas beruhigt hatte – oder war es, um die Situation etwas zu beruhigen? Egal, jedenfalls sprach die Staatsmacht in personam des Polizeibeamten Gerhard „Sunny" Sonnbauer ein Machtwort.

„Ruhe jetzt! Spinnt ihr alle komplett? Das ist ein Tatort, schleichts euch!"

Die erneute Nennung des Wortes „Tatort" verfehlte seine Wirkung nicht. Es war sofort gespenstige Ruhe, bevor sich der Steinbrecher als erstes wieder fasste und ungläubiges Erstaunen zum Ausdruck brachte, als er den Sunny fragte, warum zum Teufel das ein Tatort sein solle, wo doch eindeutig ein Unfall oder vielleicht sogar ein Selbstmord vorliege? Dem entgegnete der nun in ermittlerische

Vollfahrt gekommene Herr Inspektor, dass man den Selbstmord wohl sofort ausschließen könne, denn wer würde sich noch die Sonntagskleidung samt geputzter Halbschuhe anziehen, wenn er vor hätte, sich in der Jauchegrube zu ertränken, zumal die Wunde am Hinterkopf einen Selbstmord ja mit Sicherheit ausschlösse, oder?

Außerdem würde er jetzt den Gerichtsmediziner bestellen, weil ihm die besagte Wunde am Hinterkopf schon ein wenig seltsam vorkäme.

Der schnelle Blick, den hier der Nagel dem Steinbrecher zuwarf, entging allen.

Der Vollständigkeit halber sei angemerkt, dass Sunny die ganze leidige und stinkende Angelegenheit wohl schnell als Unfall abgehakt hätte, wenn da nicht diese Eskalation seinen Spürsinn angestachelt hätte. Und damit kam die ganze Sache erst so richtig in Gang. Und wie sie das kam!

5

Dr. Armin Turtler wurde hinter seinem Rücken von allen nur Turteltäubchen genannt. Er war ein attraktiver Endfünfziger mit gepflegtem, schulterlangem Haar und meistens mit einem Seidenhalstuch geschmückt. Irgendwie eine Mischung aus Hansi Hinterseer und George Clooney, fand er selbst. Natürlich war ihm bekannt, wie man ihn nannte, und er hasste das. Aber was sollte man dagegen tun? Dass der Name unter Umständen seine Berechtigung haben könnte, hätte er vehement abgestritten, wenn man es gewagt hätte, ihn darauf anzusprechen. Nichtsdestotrotz war es so. Turteltäubchen war irgendwie immer frisch verliebt. Dabei störte es ihn nicht im Geringsten, dass diese Liebschaften oft zeitliche Koinzidenzen aufwiesen oder weniger vornehm ausgedrückt: Er fuhr gern mehrgleisig. Ein Psychiater hätte auf seiner Couch vermutlich herausgefunden, dass dafür eine immanente Angst vor dem Alleinsein der ausschlaggebende Grund war, was zur Folge hatte, dass sich aufgrund der organisatorischen Probleme bei der Koordination von mehr als einer Liebesbeziehung nie eine wirklich tiefe Beziehung entwickeln konnte und somit Armin Turtler erst recht immer auf eine ganz eigene Art alleine war, wiewohl nach außen stets in Gesellschaft durchaus attraktiver, junger Damen. Doch das ist eine andere Geschichte, die vielleicht auch wert wäre, sie zu erzählen. Hier jedoch ist Dr. Turtler nur insofern von Interesse, als er der von Sunny Sonnbauer informierte Gerichtsmediziner war.

Die Gerichtsmedizin in Österreich darf man sich jetzt nicht so wie die aus CSI Vegas vorstellen. Erstens hatte die Bundesregierung in den letzten Jahren in diesem Bereich massiv den Sparstift angesetzt, und zweitens waren Genanalysen, Massenspektrometeruntersuchungen, etc. stets eine Budgetfrage – man musste quasi jedes Mal einen fürchterlichen Papierkrieg anzetteln, um solche Untersuchungen zu rechtfertigen, was zur Folge hatte, dass sie üblicherweise unterblieben.

Allerdings war Turteltäubchen zeitlebens ein latenter Querulant (schon der zweite in unserer Geschichte) gewesen und stand als pragmatisierter Beamter zudem kurz vor der Pension. Die Folge davon war, dass er auf diverse Vorschriften in einem Maße pfiff, die gerade so eben noch keinen Anlass zu Dienstaufsichtsbeschwerden oder ähnlichen zumindest unangenehmen, wenn nicht die Karriere gefährdenden, dienstrechtlichen Verfahren bot. Man könnte sagen, er war ein verwaltungsbehördlicher Albtraum. Mit Sicherheit hatte sein Vorgesetzter bereits den Sekt gekühlt, mit dem er seine Pensionierung in spätestens drei Jahren feiern würde. Wobei sich Turteltäubchen sicher war, dass es eine billige Flasche sein würde. Sein Vorgesetzter hatte einfach keinen Stil.

Die schon erwähnten Sparmaßnahmen wollten es, dass die Anforderung einer gerichtsmedizinischen Untersuchung ihn am betreffenden Sonntag zuhause ereilte. Da er leider Bereitschaftsdienst hatte, durfte er an solchen Tagen weder sein Telefon abschalten noch anderweitig irgendetwas tun, was seine Handlungsfähigkeit einschränkte. Und so saß unser lieber Dr. Armin mit seiner aktuellen Liebschaft, deren Name hier nichts zur Sache tut, weil sie wie alle diese Liebschaften in wenigen Wochen bestenfalls noch eine nette Erinnerung sein würde, im Garten seiner durchaus ansehnlichen Villa. Ja, Villa! Er hatte sich eine alte Herrenvilla in Kulmbach gekauft, renovieren lassen – Turteltäubchens Hände waren für manuelle Tätigkeiten aufgrund eines „Doppellinkssyndroms", wie er auf solche Fragen lachend zu antworten pflegte, nicht geeignet. Der wahre Grund war, dass er einfach nicht einsah, in seiner Freizeit zu arbeiten, und sei es nur am eigenen Haus oder im eigenen Garten. Er verdiente genug, um diese Tätigkeiten zuzukaufen.

Er saß also mit seiner Liebschaft, die nebenbei bemerkt seine Tochter hätte sein können und, wenn man seine zahlreichen amourösen Abenteuer in Betracht zog, womöglich mit einer geringen aber nicht verschwindenden Wahrscheinlichkeit sogar war, im Garten und genoss den schönen Tag. Üblicherweise würde das auch so bleiben, er wurde beim Bereitschaftsdienst nur ziemlich selten in sein Institut in Linz gerufen.

Diesen Sonntag war das allerdings anders. Sein Diensthandy klingelte, und er erfuhr, dass seine Dienste im benachbarten Dumpfling vonnöten seien. Wenigstens ganz in der Nähe, waren seine ersten Gedanken, bis er die näheren Umstände mitgeteilt bekam. Jauchegrube, oh Gott! Warum konnten die Leute nicht zumindest in ihrem Swimmingpool ertrinken? Und so teilte er seinem Häschen – er nannte der Einfachheit halber alle seine

Liebschaften „Häschen", das reduzierte die Komplexität, die sich aus den Mehrgleisigkeiten ergab beträchtlich – mit, dass er leider dienstlich weg müsse, aber wohl bald wieder zurück sein würde.

Häschen nahm es mit einem Nicken zur Kenntnis, während sie unbeeindruckt weiter ihre Whatsapp-Unterhaltung mit einem deutlich jüngeren, wenngleich weniger begüterten Bekannten, den sie am letzten Donnerstag in einer Bar in Wels kennengelernt hatte, fortführte.

*

„Gerichtsmedizin, so ein Schmarrn! Warum nicht auch gleich noch die Spurensicherung?", konnte Steinbrecher sich immer noch nicht beruhigen und wies weiter darauf hin, dass das den Steuerzahler wieder eine Menge Geld kosten würde, und dass Sunny schon auch verpflichtet sei, auf die Ausgaben zu achten, schließlich sei er Diener des Staates, etc. etc.

Der Tischlermeister Nagel schien währenddessen in Gedanken versunken zu sein. Seine Nase hatte ihm Kevin provisorisch gerade gerichtet, was scheußlich weh getan hatte, aber Kevin hatte diesbezüglich genug Erfahrung von etlichen Einsätzen nach Schlägereien auf diversen Stadlfesten und Zeltfesten. Die Empfehlung, einen Arzt aufzusuchen, hatte Kevin dem Verletzten aber natürlich geben müssen, als Sanitäter hätte er ihm streng genommen die Nase ja gar nicht einrichten dürfen. Der Arzt, der schlussendlich auch amtlich das Ableben Leo Dörflingers feststellen würde, war immer noch nicht eingetroffen. Nagel ging danach noch kurz hinter das Haus, um sich das Blut abzuwaschen, was aber keinen wirklich interessierte.

Dass dem Tischlermeister Nagel der Tod des ortsbekannten Querulanten und Schwagers seines ehemaligen Mitarbeiters und jetzigen Konkurrenten nahe ging, konnte aus seiner nachdenklichen Miene zwar kaum geschlossen werden, aber was weiß man schon. Und im Übrigen kannte er Sunny gut genug um zu wissen, dass der von einem einmal gemachten Entschluss auf keinen Fall abzubringen war. Andererseits wollte der Tischlermeister Nagel auch nicht einfach nach Hause gehen, denn wie sollte man sonst auf dem Laufenden bleiben? Und so kam es, dass beim Eintreffen des Gerichtsmediziners immer noch sowohl der Bürgermeister als auch der Nagel, der Max Nagler und natürlich die Sanitäter und der Polizeibeamte Sonnbauer am Tatort – mittlerweile regte sich über diese Bezeichnung keiner mehr auf – anwesend waren, während ein paar hundert Meter weiter die bereits in den vielen Mägen befindlichen Würstel schwimmen lernten. Freibier sei Dank, blieben aus diesem Grund die Schaulustigen fort. Im Ort wurde noch monatelang gerätselt, wie dieses Verhalten erklärbar sei, denn schließlich war das nicht gerade üblich, dass bei so einem Vorfall keine neugierigen Menschenmassen herumstünden. Die allgemein akzeptierte Conclusio war schließlich, dass Dumpfling eben ein Ort mit einer offensichtlich wirklich besonders verantwortungsbewussten und wenig neugierigen Bevölkerung sein müsse.

Als unser Turteltäubchen am Tatort eintraf und nach kurzer Untersuchung überflüssigerweise den Tod der Leiche feststellte, beschlossen die Sanitäter, dass die Angelegenheit für sie nunmehr erledigt sei, packten ihre Sachen zusammen und fuhren zurück nach Kulmbach, um ihre Kartenpartie fortzusetzen. Dass daraus nichts wurde, weil ihnen an diesem Sonntag aufgrund der Wetterlage noch einige Kreislaufkollapse und dergleichen einen Strich durch die Rechnung machen sollten, sei hier nur der Vollständigkeit halber angemerkt. Tatsächlich war es einer der anstrengendsten Tage im ganzen Sommer, aber was soll aus so einem Tag, der mit einer Gülleleiche beginnt, auch anderes werden?

*

In Kärnten hob niemand ab, als das Handy von Anja Dörflinger klingelte. Die Familie war geschlossen am See baden, und Anja hatte das Handy im Zimmer gelassen, um den Akku aufzuladen. Sie machte sich ein wenig Sorgen um ihren Sohn Martin, der in letzter Zeit sehr verschlossen schien, was sonst so ganz und gar nicht seine Art war, wo er doch stets mit seiner Lebensfreude alle ansteckte. Vermutlich Liebeskummer, dachte sie, mit achtzehn Jahren nichts Besonderes und hoffentlich auch nichts allzu Ernstes.

Sie ahnte nicht, wie nahe sie damit der Wahrheit kam und wie weit sie davon entfernt war.

*

Während sich der Gerichtsmediziner die Leiche besah, nutzte Sunny die Gelegenheit, sich etwas im Haus umzusehen. Leo Dörflinger war ein sehr ordentlicher Mensch, und auch seine Frau Anja mochte es sauber und gepflegt, wie im ganzen Dorf bekannt war. Dieser Eindruck bestätigte sich, als er durchs Haus streifte. Da lag nichts herum, alles war blitzsauber. Nicht so wie in seiner Junggesellenwohnung, wie ihm angesichts dieser Aufgeräumtheit wieder einmal bewusst wurde. Der Sunny hatte zwar eine Reinigungsfrau, die einmal pro Woche kam und das Gröbste erledigte, aber das reichte nicht. Es war halt gerade so viel, dass seine Wäsche gewaschen und gebügelt, der Boden gewischt und das Geschirr weggearbeitet wurde.

Er wollte gerade wieder hinausgehen, als ihm irgendetwas auffiel, von dem er zuerst gar nicht sagen konnte, was es war. Dann erst wurde es ihm bewusst: Im Arbeitszimmer von Leo Dörflinger lag ein Netzteil am

Schreibtisch, das noch eingesteckt war, aber dessen Kabelende frei am Schreibtisch lag. Er ging zum Schreibtisch und merkte, dass die Fläche noch warm war. Anscheinend hatte hier bis vor wenigen Minuten noch ein Notebook gelegen. Das war jetzt in der Tat doch sehr verdächtig, fand er und überlegte, wer das weggenommen haben könnte. Dafür kamen eigentlich nur der Bürgermeister, die Sanitäter, der Tischlermeister Nagel und der Schwager des Toten in Frage, oder? Er beschloss, die Betreffenden geradeheraus zu fragen und ging wieder aus dem Haus.

Spätestens jetzt war der Fall vom Unfall zum Kriminalfall geworden.

*

Die Befragung war ein Fiasko geworden.

Der Bürgermeister Steinbrecher war überhaupt gleich in die Luft gegangen wie eine Saturn V und hatte ihm unverhohlen damit gedroht, seine sicherlich existierenden Kontakte in Linz spielen zu lassen, wenn er ihm noch einmal unterstellen würde, er hätte etwas mit dem Verschwinden eines angeblichen Notebooks aus dem Haus des Toten zu tun, worauf Sunny versuchte, die Situation zu beruhigen und ihm versicherte, im Zuge der Ermittlungen seien solche Fragen leider nicht zu vermeiden, auch wenn er sich natürlich dessen bewusst

41

sei, dass der Bürgermeister als angesehenes Mitglied der Gesellschaft etc. etc.

Der Tischlermeister Nagel stimmte in den Entrüstetenchor mit ein und sprach gleich von einer Rufmordklage, was natürlich im Zuge einer polizeilichen Ermittlung lächerlich war, und Sunny sagte ihm das auch. Aber man versuche einmal, einen bereits erregten Bürger zu beruhigen, der sich nie etwas hatte zuschulden kommen lassen, bla bla bla.

Und die Sanitäter waren überhaupt schon gar nicht mehr da. Aber die verdächtigte er sowieso nicht.

Blieb also noch der Schwager des Mordopfers – denn dass das ein Unfall war, daran glaubte Sunny mittlerweile nicht mehr, obwohl er sich hütete, offen von Mord zu sprechen – und der war als einziger genauso kooperativ wie unverdächtig. Max wiederholte ihm noch einmal in allen Details, wie er zum Hof des Schwagers gegangen war, um ihn daran zu erinnern, dass man doch gemeinsam auf das Fest gehen wollte, wobei er verschwieg, dass dabei der Hintergedanke, dieses durch geeignet eingeworfene Zwischenrufe in seiner Harmonie etwas zu stören, durchaus existiert hatte. Max erzählte zum zweiten Mal, wie er seinen Schwager gefunden, ihn aus seiner unangenehmen Lage befreit und danach die Rettung und eben die Polizei gerufen hatte. Den Rest wüsste Sunny ja, meinte Max, weil er da dann selbst vor Ort gewesen sei.

Sunny beschloss, sich eine geistige Notiz betreffend des Notebooks machend, diesem offensichtlich gestohlenen, eventuellen Beweismittel später nachzugehen und sich jetzt erst einmal um die gerichtsmedizinischen Erkenntnisse zu bemühen.

*

In Kärnten hatte Anja Dörflinger ihr mittlerweile aufgeladenes Mobiltelefon geholt und bemerkt, dass drei Anrufe in Abwesenheit, allesamt von Max Nagler, sowie eine Nachricht eingegangen waren. Wenn Max gleich dreimal anrief, dann würde es wohl wichtig sein. Sie hörte die Nachricht ab, auf der Max lediglich um dringenden Rückruf bat.

Sie rief ihn sofort zurück.

Wenig später wusste sie Bescheid, kurz darauf auch der Rest der Familie. Man packte sofort und machte sich zwei Stunden später auf eine Rückreise nach Dumpfling, auf der kaum ein Wort gesprochen wurde.

Martin schien noch nachdenklicher zu sein als sonst, aber das merkte in der allgemeinen Trauerstimmung niemand.

6

Die Aussagen des Gerichtsmediziners waren vage, fand Sunny. Natürlich könne er erst dann Genaueres sagen, wenn er den Toten auf seinem Tisch eingehend untersucht hätte, meinte Turteltäubchen, aber was er jetzt schon mit ziemlicher Sicherheit wisse sei, dass der Tote – Gerichtsmediziner vermeiden es gerne, die Leichen mit Namen zu nennen, um die nötige Distanz nicht zu verlieren – kaum eine Stunde tot gewesen sein könne, als ihn sein Schwager fand. Zudem lege die Schwere der Kopfwunde nahe, dass er zumindest bewusstlos gewesen sein müsse, als er in die Jauche fiel, aber das wisse man erst dann mit Sicherheit, wenn man die Lungen untersucht haben würde.

Ob diese Wunde vom Sturz herrühre, wollte Sunny wissen?

Das könne man auch noch nicht genau sagen, aber bei Kopfverletzungen aufgrund Ausrutschens sei üblicherweise eher die Schädelbasis verletzt als das obere Hinterhaupt, meinte Dr. Turtler. Was aber natürlich gar nichts heißen müsse, bemühte er sich dann schnell hinzuzufügen.

Sunny beschloss, nicht weiter in ihn zu dringen und die detaillierten Untersuchungsergebnisse abzuwarten, als sein Handy vibrierte. Er hob ab, wenn man bei einem Mobiltelefon von Abheben reden kann. Eigentlich, und dabei konnte er sich ein Grinsen nicht verkneifen, wischte er den Anruf seines Vorgesetzten beiseite – es war nämlich sein Big Boss in Linz, der da klingelte, was auch ein Unsinn war, weil Sunnys Klingelton keiner war sondern, wie schon erwähnt der unsägliche Helene Fischer Song. Egal jetzt, jedenfalls ging er ran und musste sich zusammenreißen, nicht förmlich zu salutieren, als er den Tonfall hörte, mit dem ihn sein Vorgesetzter begrüßte.

„Sonnbauer, ich bekam gerade einen Anruf vom Landesrat. Was ist denn da bei euch los? Haben Sie den Bürgermeister wirklich als Mordverdächtigen bezeichnet? Was heißt überhaupt Mord? Setzen Sie mich mal ins Bild!"

„Das ging ja flott, Herr Oberst. Nein, ich habe gar niemand verdächtigt, und im Moment ist es nur ein ungeklärter Todesfall. Das muss erst der Gerichtsmediziner klären, ob da ein Mordverdacht vorliegt."

„Sonnbauer, Sie sind ein junger, ehrgeiziger Beamter. Das ist auch gut so, aber lassen Sie die Kirche im Dorf, wenn nicht wirklich etwas darauf hinweist, dass hier eine Straftat vorliegt, sonst machen uns die Herren von der Politik wieder die Hölle heiß. Muss das mit der gerichtsmedizinischen Untersuchung wirklich sein? Wissen Sie, was sowas jedes Mal kostet?"

Der Sunny war jetzt schon etwas konsterniert und langsam auch ein wenig sauer, und so erwiderte er dem Herrn Oberst, dass es ja wohl in einem funktionierenden Rechtsstaat nicht sein könne, dass in einem so frühen Stadium, ja in überhaupt egal welchem Stadium einer polizeilichen Untersuchung die Politik Einfluss nehmen könne, oder?

„Schauen Sie, Sonnbauer, *mir* passiert sowieso nichts. Sie müssen selbst entscheiden, ob das den Ärger wert ist. Wenn es eine Straftat ist, müssen Sie natürlich mit allen zur Verfügung stehenden Mitteln eine Klärung herbeiführen, aber wenn Sie dann keinen Täter finden oder es eben nur ein Unfall war, dann wäre das ... hmmm ... also sagen wir, es wäre keine karrierefördernde Maßnahme. Verstehen wir uns?"

Sunny verabschiedete sich höflich. Er achtete darauf, dass das Gespräch schon beendet war, bevor er seinem Herrn Oberst noch schwäbische Grüße nachmurmelte.

Die menschliche Psyche ist eine polymorphe Sache. Man weiß eben nie genau, wie beim anderen eine Aussage ankommt, die man macht. Und in dem Fall bewirkte der „freundschaftliche Hinweis" des Obersten, der in Sunnys Wahrnehmung als kaum verhohlene Warnung und Versuch einer Einflussnahme von außen ankam, das genaue Gegenteil von dem, was er hätte bewirken sollen. Oder vielleicht auch nicht. Vielleicht war es dem Oberst ganz recht, dass der Polizeibeamte Sonnbauer in Dumpfling etwas Staub aufwirbelte? Wir werden es nie erfahren.

*

Wie bereits erwähnt war Dumpfling eine agrarisch strukturierte Gemeinde, was weniger euphemistisch heißt, dass es ein kleines Bauerndorf war. Mit großen Schweineställen. Jemand hatte mal errechnet, dass es in Dumpfling etwa zehn Mal so viele Schweine wie Menschen gab, und das dürfte wirklich ungefähr hinkommen. Wobei die Unterscheidung schon George Orwell in seiner Farm der Tiere am Ende schwer gefallen war.

Einer der größten Schweinemäster, sowohl von seiner Statur als auch von der Anzahl der Tiere her, war der Karl Birnbaumer, den alle nur „Saubauer" nannten. Er hatte seinen Hof mitten im Ort, praktisch am Ortsplatz, an welchen an den anderen Seiten Kirche, Schule und die Genossenschaftsbank grenzten. Hinter seinem Hof hatte er einige Kilometer Grünland.

Vor etwa sieben Jahren kam es nun dem Saubauer in den Sinn, seine Schweinemast geringfügig von derzeit etwa 250 auf gut 800 Schweine zu erweitern, wozu natürlich ein neuer Stall notwendig war. Üblicherweise würde man in so einem Fall davon ausgehen, dass der Landwirt einen derartigen Stall aufgrund möglicher Geruchsbelästigungen in das reichlich vorhandene Grünland setzt, was für Ställe ja nicht nur erlaubt ist sondern auch empfohlen wird, aber in Dumpfling läuft so etwas anders. Der Karl Birnbaumer saß ja auch im Gemeinderat, und nach einer wie üblich recht ereignislosen Sitzung nahm er sich den Bürgermeister kurz auf die Seite, und eröffnete ihm, dass er einen Stallneubau direkt neben seinem Hof plante.

Die oberste lokale Baubehörde, also der Steinbrecher, meinte darauf recht jovial nur „Passt schon. Fang ruhig mit dem Bau an und schau, dass du mir die Einreichpläne bei Gelegenheit mal vorbeibringst!" Und damit war die Bauverhandlung zwar nicht de jure aber doch de facto gelaufen, und der Birnbaumer Karl ließ die Baumaschinen rollen.

Blöd war in dem Zusammenhang nur, dass der Max Nagler sein Wohnhaus keine hundert Meter vom Birnbaumer entfernt stehen hatte und schon bisher nicht nur über eine schlimme Geruchsentwicklung klagte, sondern auch die vielen Fliegen an einem schönen Sommertag jedes Grillen im Garten zu einer sehr unappetitlichen Sache machten. Einmal hatte er mit Fliegenspray auf seiner Veranda versucht, den Schwärmen den Garaus zu machen. Danach hatte er die Leichen mit Besen und Schaufel zusammengekehrt und dem Birnbaumer vor die Haustüre geschmissen. Eine Reaktion darauf kam allerdings nie. Auch den Verdacht, dass der Birnbaumer krepierte Ferkel nicht ordnungsgemäß entsorgen sondern sie einfach auf den Misthaufen werfen würde, was die Fliegenplage natürlich förderte, hatte er dem Bürgermeister mitgeteilt. Mit dem Erfolg, dass dieser ihm sagte, mit solchen Anschuldigungen sollte man besser vorsichtig sein.

Dementsprechend hatten sich in der Wahrnehmung des Max Nagler in den letzten Jahren vor dem geplanten Neubau beträchtliche Ressentiments gegen die Schweinemast etabliert. Und genau in dieses Wespennest der Ablehnung stach der Birnbaumer eines Sonntags am Kirchenplatz. Dazu muss man wissen, dass nach dem sonntäglichen Gottesdienst die Männer üblicherweise noch eine halbe Stunde vor der Kirche beinander standen, um über Gott und die Welt zu sprechen, wobei der liebe Gott hier allerdings in den meisten Fällen eher zu kurz kam, aber dem hatte man ja sowieso gerade eine knappe Stunde gewidmet.

Der Birnbaumer nahm sich also den Nagler zur Seite und fuhr ihm, wie man in Dumpfling so bildhaft zu sagen pflegte, mit dem Gestellwagen mitten ins Gesicht:

„Schreck Dich nicht, aber morgen fang ich mit dem Bauen an."

„Was baust du denn?", fragte Max Nagler sichtlich überrascht, was in Anbetracht der Tatsache, dass es keinerlei Bauverhandlung oder auch nur eine Einladung zu einer solchen gegeben hatte, nicht verwunderlich ist. In diesem Zusammenhang fiel ihm natürlich auch wieder seine eigene Bauverhandlung von vor einigen Jahren ein, und wie man da mit ihm verfahren war.

„Einen Saustall. Gleich neben dem Hof. Ist alles mit dem Bürgermeister geklärt, ich wollte nur, dass du Bescheid weißt."

Der Nagler hatte sich noch immer nicht ganz gefasst und meinte darauf nur: „Na, dass du dich da nicht verrechnest. Ohne Bauverhandlung würde ich das lassen. Und warum neben dem Hof? Du hast einige Kilometer Grünland hinter dem Haus, wo der Stall niemanden belästigen würde."

Sowas geht natürlich gar nicht, weil es das bäuerliche Selbstverständnis attackiert, dass sich eh keiner neben einem Bauernhof ein Haus bauen müsse, wenn ihm der Geruch nicht passt. Und daher gab der Birnbaumer dem Nagler ultimativ zu verstehen, dass ihn das nichts anginge und er außerdem schön blöd wäre, wenn er freiwillig ein paar hundert Meter in die Arbeit gehen würde, solange er die Arbeitsstätte auch gleich neben dem Haus haben könne. Die Situation eskalierte zwar nicht, aber ein paar deftigere Worte fielen dann doch noch, auch über die Sinnhaftigkeit der Schweinemast in diesem Maßstab, und so weiter. Erwähnt sollen hier nur noch die abschließenden Statements der beiden Kontrahenten werden:

„Über jeden Saustall aufregen aber den Schweinebraten fressen!" Das kam vom Birnbaumer. Und der Nagler erwiderte: „Bei uns kommt nur Bio auf den Tisch. Mit euren Giftsäuen bringt euch selbst um!"

Dumpfling war eben ein harmonisch-idyllischer ländlicher Ort mit einem lediglich etwas rauen Charme.

*

Es lief dann in der Tat nicht ganz nach Wunsch für den Saubauer. Max Nagler rief am nächsten Tag den Bürgermeister an und warnte ihn davor, einen Bau zu tolerieren, der nicht ordnungsgemäß verhandelt worden wäre. Zumal dafür bei dieser Größe des geplanten Stalles auf jeden Fall auch eine Umweltverträglichkeitsprüfung unter Einbeziehung der entsprechenden Abteilung des Landes nötig wäre, nur falls er das nicht wissen sollte.

Die Baumaschinen kamen trotzdem, allerdings kam auch ein paar Tage später eine Einladung zur Bauverhandlung. In der Adressatenliste fand Nagler in der Tat auch die entsprechende Frau Magister vom Land angeführt, die für die Umweltverträglichkeit zuständig war, was ihn einigermaßen überraschte. Anscheinend wollte sich die Gemeinde, respektive der Steinbrecher, hier keine Blöße geben.

Einen Tag vor der Bauverhandlung rief der Nagler aus einer Eingebung heraus die betreffende Frau Magister vom Land an und fragte sie, welche Position sie bei der morgigen Verhandlung vertreten würde. Zu seiner Überraschung wusste sie nicht, wovon er sprach. Erst nach einigem Hin und Her stellte sich heraus, dass sie die Einladung zur Bauverhandlung nie erhalten hatte. Er faxte ihr diese Einladung also durch und wartete auf den Rückruf, der auch nach einigen Minuten kam.

Um es kurz zu machen: Die Adresse der Frau Magister auf der Einladung zur Bauverhandlung war falsch, der Brief konnte sie gar nicht erreichen. Eine mittlerweile sichtlich stinksaure Frau Magister meinte: „Na, das wird für einige der Herren in Dumpfling sicher eine Überraschung, wenn ich morgen um pünktlich um neun Uhr erscheine."

Womit sie Recht hatte.

*

Eigentlich wäre die Bauverhandlung nach fünf Minuten auch schon wieder zu Ende gewesen, wie nach den eröffnenden Worten des Bürgermeisters die Frau Magister vom Land feststellte, weil die falsch adressierte Einladung einen Verfahrensmangel darstellte, der eine Neuanberaumung und selbstverständlich einen Baustopp nötig mache. Sie wolle aber nicht päpstlicher als der Papst sein und gehe von einem bedauerlichen Irrtum aus, man möge daher wie geplant fortfahren, sofern, ja sofern man sich natürlich schon im Klaren sein müsse, dass es seitens des Landes Richtlinien gäbe, die festlegten, dass pro gehaltenem Schwein ein Mindestabstand zu Wohnhäusern zu berücksichtigen sei, der die Anzahl der Schweine im vorliegende Fall auf maximal 530 beschränke. Nur unter diesem Gesichtspunkt sei an eine Fortführung der Verhandlung überhaupt zu denken, das sei sicher allen Anwesenden klar, ja? Sei es doch, oder? Danke.

Die Frau Magister war eine attraktive Frau Mitte Dreißig, gekleidet in ein graues Kostüm, zu dem ein lila Halstuch einen perfekt abgestimmten Kontrast setzte. Sie pflegte ihre Äußerungen stets mit einem Lächeln zu begleiten, und jeder, der nur ein bisschen Menschenkenntnis besaß, musste sofort erkennen, dass mit dieser Dame nicht gut Kirschen essen war. Die war knallhart. Der Steinbrecher fragte sich unwillkürlich, wie sie wohl im Bett sein würde. Das war sicher eine, die oben sein wollte, womöglich mit einer Peitsche in der Hand. Er spürte etwas in der Hose, was ihn aufgrund der dort sonst immer öfter herrschenden Flaute fast ein wenig überraschte.

Aber dass eine Linzer Stadtkanaille, so eine dahergelaufene Juristin, die eh noch nie etwas Vernünftiges gearbeitet hatte, den Dumpflingern hier im eigenen Revier glaubte Vorschriften machen zu können, stank den gestandenen Herren mehr als so mancher Saustall den Anrainern. Doch selbst für Ortskaiser gelten manchmal die Gesetze, und so mussten sie zähneknirschend akzeptieren, dass der Stall schlussendlich eben nur für 530 Schweine ausgelegt werden durfte und zudem der nicht mehr den bestehenden Vorschriften entsprechende schon existierende Stall aufzulassen sei, mit der einzigen Ausnahme, dass dort höchstens eine Ferkelnachzucht mit maximal 100 Ferkeln zulässig wäre.

Zudem wurden dem Birnbaumer vier Abluftschlote von beträchtlicher Höhe vorgeschrieben, die mit einer festgelegten Abluftgeschwindigkeit von sechs Metern pro Sekunde sicherstellen sollten, dass sich der Gestank über ein weiteres Gebiet verteilte und somit die unmittelbaren Nachbarn nicht mehr als nötig belasten würde.

Dass der Birnbaumer aufgrund all dieser finanziell unangenehmen Punkte den Max Nagler nicht mehr als seinen besten Freund betrachtete, war die Untertreibung des Jahres. Aber er baute seinen Stall. Samt Schloten. Aber ohne Gebläse. Somit waren die Schlote halt nur Attrappen. Und wenn er die Fenster des Stalls öffnete, konnte man die Duftschwaden regelrecht sehen, falls einem die Augen nicht vom Gestank zu sehr tränten.

Natürlich hatten sich einige Anrainer, vor allem der Nagler, beim Bürgermeister beschwert, dass der Birnbaumer die Bauauflagen nicht einhalten würde. Der Steinbrecher meinte darauf zum Nagler in seiner jovialen Art, dass er ihn dann eben selbst anzeigen müsse, weil die Gemeinde da gar nichts machen könne, ja gar nichts machen dürfe. Ihm seien da als Bürgermeister leider wirklich die Hände gebunden. Der Nagler wollte nicht noch mehr Verdruss und zeigte den Saubauer nicht an. Erst einige Jahre später erklärte ihm ein Sohn eines Freundes, der Jus studierte, dass der Bürgermeister hier offensichtlich entweder seine Pflichten nicht kenne oder aber glatt gelogen haben müsse. Natürlich müsse die Gemeinde für die Einhaltung der Bauauflagen sorgen. Aber da war die Sache schon verjährt, und so stinkt es in Dumpfling eben immer, wenn der Saubauer die Stallfenster öffnet, damit ihm die Schweinderl nicht ersticken.

Und genau das tat er am Sonntag, als der Dörflinger tot in der Jauchegrube lag, während sich die Bevölkerung über Würstel und Freibier freute und der sehr verehrte Herr Landeshauptmann seine launige Rede hielt. Aber er tat es auf Wunsch des Bürgermeisters erst nach dem Fest.

7

Was sein Kollege Lindmannsberger dem Polizeibeamten Sonnbauer nie zugetraut hätte, geschah. Sunny war dermaßen sauer über die versuchte Einflussnahme, dass in ihm Energien frei wurden, von denen er bislang keine Ahnung hatte. Um in der Nomenklatur seines Spitznamens zu bleiben: Aus der Sonne wurde eine kleine, ermittlerische Supernova.

Zuerst rief er den Gerichtsmediziner an. Er erklärte dem verdutzten Turteltäubchen, dass seitens Linz eine genaue Untersuchung und Aufklärung dringlichst erwünscht sei und die Kosten dafür keine Rolle spielen würden. Der Gerichtsmediziner war einigermaßen überrascht, aber irgendwie war ihm seine aktuelle Liebschaft sowieso schon langweilig geworden, also machte er sich an die Sache. Und dass er fachlich gut war, wusste er.

Dann rief Sunny seinen Neffen an. Der studierte Informatik und war, wie Sunny wusste, ein begnadeter Hacker. Er fragte ihn, ob es möglich sei, festzustellen, ob eine bestimmte Person seine Daten eventuell in der Cloud speichern würde und ob, da der Computer des Betreffenden verschwunden sei und dieser nun leider tot, so ein Konto eventuell gehackt werden könne? Das müsse allerdings alles inoffiziell und unter ihnen beiden bleiben, erklärte Sunny seinem Neffen. Der war sofort bereit, diesbezüglich „nachzuforschen", einerseits weil er sowieso gern hackte und andererseits, weil Sunny ihm schon öfter als einmal einen Strafzettel hatte verschwinden lassen und er sich freute, seinem Onkel endlich auch einmal behilflich sein zu können.

Als er das erledigt hatte, kümmerte er sich um den mit Sicherheit unangenehmsten Part der ganzen Sache. Irgendwann musste er die Witwe des Toten befragen. Es war ihm klar, wie heikel das in so einer Situation sein würde, und er beschloss, dementsprechend sensibel vorzugehen.

*

Glücklicherweise war die Heimreise aus Kärnten unfallfrei verlaufen, obwohl Anja die Strecke wie in Trance zurückgelegt hatte. Sie hatte selbst fahren müssen, weil ihre Schwester Martha so derart von der Rolle gewesen war, dass man sie unmöglich ans Steuer lassen konnte. Anja war eine starke Frau. Martha konnte da nie ganz mithalten.

Darum kümmerte sich Anja zuhause auch sofort darum, für die Beerdigung alles in die Wege zu leiten, wobei ihr Martha und die Kinder halfen. Das Gute an Beerdigungen am Land ist, dass sie mit all den Einladungen, Gang zum Pfarrer, Anruf beim Bestattungsunternehmer und so weiter, so viel Arbeit machen, dass man als Angehörige weniger Zeit zum Denken und Trauern hatte. Da muss man einfach funktionieren. Und in so einem Fall war das irgendwie direkt eine Erleichterung.

In diesem Zusammenhang war auch der Besuch von Gerhard – Anja mochte seinen Spitznamen Sunny nicht – keine Belastung sondern eher eine Gelegenheit, sich ihren Schmerz etwas von der Seele zu reden. Ihr fiel dabei gar nicht auf, dass Gerhard durchaus einige Fragen stellte, die sie sonst nachdenklich gemacht hätten. Ob Leo Feinde gehabt hätte? Ja natürlich war ihm bekannt, dass das

Verhältnis zu Leuten wie dem Tischlermeister Nagel, dem Bürgermeister und auch dem Birnbaumer nicht das Allerbeste gewesen sein, aber könne man die als Feinde bezeichnen? Nein, das bedeute nicht, dass es kein Unfall gewesen sei, aber er wolle nicht von vornherein etwas ausschließen.

Ob sie etwas von Leos Computer wisse? Der sei nämlich verschwunden. Möglicherweise habe das aber auch gar nichts mit dem tragischen Tod zu tun, versicherte er ihr. Man müsse aber als Polizist jeder Spur nachgehen. Nein, sie habe keine Ahnung, normal läge der tagein tagaus auf dem Schreibtisch ihres Mannes.

Ob sie wisse, wie er seine Daten sichern würde? Oh ja, darüber hätten sie mal gesprochen, als dem Max, also ihrem Schwager, etwas bei seinem Computer gebrochen wäre, eine Festplatte, und er daraufhin furchtbar geflucht hatte. Der Leo habe daraufhin irgendwas von einer Sicherung im Internet gesagt, aber da kenne sie sich leider überhaupt nicht aus.

Und ob sie wüsste, ob der Leo eventuell Schwindelanfälle oder etwas in der Art gehabt hätte? So dass er möglicherweise deshalb ausgerutscht sei? Nein, der sei pumperlgesund, sagte Anja, um danach gleich in Tränen auszubrechen, als ihr bewusst wurde, dass man bei einem Verstorbenen nun wahrlich nicht behaupten konnte, er *sei* gesund.

Als Gerhard gegangen war, begann sie, über einige dieser Dinge nachzudenken. Und darüber, dass sie ihm nicht einmal etwas zu trinken angeboten hatte. Sie beschloss, sich später dafür bei ihm zu entschuldigen, er würde es verstehen. Der Sunny war schon in Ordnung.

*

„Also aus meiner Sicht ist weder ein Unfall noch Fremdeinwirkung dezidiert auszuschließen.", erklärte Turteltäubchen gerade dem Sunny die vorläufigen Ergebnisse der Untersuchung. „Ich fand in der Kopfwunde die üblichen Staubpartikel, die genau zu der Stelle der Betoneinfassung passen, an der wir die Blutflecken fanden, die übrigens auch eindeutig vom Toten stammen. Andererseits fand ich auch eine leichte Prellung am Brustkorb, die mit Sicherheit erst kurz vorm Tod entstanden ist, und so gar nicht dazu passt. Das kann aber natürlich auch eine ganz harmlose Erklärung haben."

Sunny hatte ihn für das Gespräch extra in Linz im gerichtsmedizinischen Institut in der Blumauer Straße aufgesucht, wohin man den Toten auf seine Anordnung gebracht hatte.

„Und woher stammen solche Prellungen erfahrungsgemäß?"

Turteltäubchen erklärte ihm, dass solche Verletzungen oft auf einen heftigen Stoß oder Faustschlag zurückzuführen wären, aber durchaus auch davon stammen könnten, dass sich der Tote vielleicht beim Ausrutschen noch irgendwo festhalten wollte und mit der Brust eventuell am Zaun angeschlagen hätte. Das könne man unmöglich genauer sagen oder feststellen. Rippe sei jedenfalls keine gebrochen.

Ihm genüge das als hinreichendes Verdachtsmoment auf Fremdbeteiligung, meinte Sunny, der insgeheim schon lange beschlossen hatte, die Ermittlungen in diesem Fall mit höchstmöglicher, polizeilicher Gründlichkeit zu führen. Ihm würde keiner sagen, was er zu tun hätte. Auch kein katzbuckelnder Polizeioberst auf Drängen irgendeines Lokalpolitikers.

Was Sunny noch nicht wusste war, wie sehr das seine berufliche und private Zukunft verändern würde.

8

In der Zwischenzeit hatte Sunnys Neffe, er hieß Michael Sonnbauer, weil seine Mutter, Sunnys Schwester, ihn zum Entsetzen ihrer konservativen Eltern unehelich zur Welt gebracht und allein aufgezogen hatte, mit seinen Nachforschungen begonnen. Sunny hatte seine große Schwester immer für ihren Mut bewundert.

In der Szene kannten Michael Sonnbauer alle nur unter seinem Pseudonym „Bug". Die Szene, das war ein Darknet, eine Art Netz im Netz, wo man nur auf Einladung

Mitglied werden konnte und wo Anonymität das höchste Heiligtum darstellte. Im Unterschied zum Internet besteht ein Darknet aus sogenannten Peer-to-Peer Verbindungen, die also immer nur zwischen zwei Computern direkt ohne den Umweg über einen Server hergestellt werden. Und stets wurden diese Verbindungen manuell, nie automatisiert hergestellt. Das Darknet, in dem sich Bug und seine ihm allesamt persönlich nicht bekannten Freunde aufhielten, bestand aus etwa zwanzig Hackern. Man musste sich schon einen Namen gemacht haben, um dazu eingeladen zu werden. Bug war zwar eher noch ein Neuling, aber das war relativ. Im Vergleich zu anderen Hackern war er durchaus konkurrenzfähig, und das war in Anbetracht seiner neunzehn Jahre etwas, auf das er durchaus stolz war.

Eine Cloud zu hacken, ohne Anhaltspunkte zu haben, war praktisch unmöglich. Aber Sunny hatte ihm einige Fakten geliefert. Er wusste, wie der Besitzer des Kontos hieß, dass es mit ziemlicher Sicherheit ein solches Konto gab und mittlerweile hatte Sunny es sogar geschafft, den Provider des Kerls samt Kundennummer herauszufinden. Anscheinend hatte ihm dessen Frau die Rechnungen kopiert. Damit war es ein Leichtes, seine IP Adresse zu ermitteln, weil ein anderer Hacker namens Rhino über eine etwas verfeinerte Brute Force Attacke (er hieß nicht umsonst Rhino) den betreffenden Provider schon vor Monaten gehackt und sich dort von allen unbemerkt sogar root-Rechte verschafft hatte, ein informationstechnologischer Supergau, wenn man so will. Und damit war es wirklich mehr als leicht, das Konto zu finden. Mit den ebenfalls mitgelieferten Namen und Geburtsdaten aller Familienmitglieder ließ er auf gut Glück seinen Passwortgenerator samt Logon-Bot laufen – und hatte innerhalb von Minuten einen Treffer. Es war immer wieder faszinierend, wie viele Leute als Passwort irgendeine Kombination von Namen und Geburtsdaten verwendeten und sich dann wunderten, wenn ihr Konto gehackt werden konnte.

Er mailte Sunny die Accountdaten und das Passwort, ohne sich den Inhalt anzusehen. Der Spaß am Hacken ist das Hacken an sich und nicht die Neugier oder gar die Lust, Schaden anzurichten. Leider dachten nicht alle so. Für ihn war das Ehrensache. Rhino hatte jetzt allerdings etwas bei ihm gut.

*

Sunny las das Mail sofort, als sein Handy piepste, um ihm den Eingang einer Nachricht anzuzeigen. Diese Smartphones waren schon ein Wunder der Technik. Sein Dienst war eigentlich vorüber, um 19 Uhr schlossen sich die Pforten des Polizeipostens in Ganshofen. Wenn danach jemand dort anrief oder an der Tür klingelte, wurde der oder die Betreffende automatisch mit dem rund um die Uhr besetzten Posten in Wels verbunden.

Aber Sunny hatte nichts Besonderes vor, und so beschloss er, die im Email genannten Accountdaten am PC des Postens gleich mal auszuprobieren. Seinem Neffen antwortete er mit einem kurzen „Danke!" Er würde wohl bald wieder irgendwelche Strafzettel verschwinden lassen müssen.

Dass Sunny nicht nach Hause musste, lag unter anderem auch daran, dass er keine Freundin oder Frau hatte. Und die Gründe dafür kannte außer ihm niemand. Nun gut, einige gleich Veranlagte in Linz wussten Bescheid, aber die wiederum kannten niemand aus seinem sozialen Umfeld hier in Ganshofen. Für Polizeibeamte war es auch 2015 noch immer nicht besonders hilfreich, schwul zu sein. Vor allem nicht am Land. Er konnte durchaus darauf verzichten, dass seine Tenniskameraden in der Dusche demonstrativ die Seife fallen ließen, um dann zu sagen: „Besser wenn ich sie später aufhebe, was? Haha!"

Am Posten angekommen setzte er sich hinter den Rechner und tippte die Zugangsdaten ein. Und dann las er bis frühmorgens Dokumente und kam aus dem Staunen nicht mehr heraus.

*

Die Schweine des Saubauern, also vom Herrn Ebenfalls-Gemeinderat-Karl-Birnbaumer, brauchten natürlich Futter, um möglichst schnell das Schlachtgewicht zu erreichen. Im Allgemeinen hatten sie nach sieben bis acht

Monaten etwa 110 Kilogramm, was der optimale Kompromiss für die Schlachtung war – jedenfalls aus rein ökonomischer Sicht. Diese Zeit verbringen die Tiere auf Spaltblechböden, damit die Gülle ohne großen Aufwand abfließt. Die natürlichen Bedürfnisse der Schweine, wo die Säue für die Ferkel Nester bauen sie als Mutter liebevoll versorgen, können dabei natürlich nicht berücksichtigt werden. Abferkeln nennt man das frühe Trennen vom Muttertier. Schließlich sollen die Ferkel auf engstem Raum ja nicht vom Muttertier erdrückt werden, und so kommen sie in die Ferkelschutzkörbe, wo praktisch jede Bewegung außer dem Säugen an den mütterlichen Zitzen unterbunden ist. Damit sich die Tiere nicht in der aus der Enge zwangsläufig entstehenden Aggression gegenseitig die Schwänze abbeißen, werden ihnen diese in den ersten beiden Wochen ihres Lebens ohne Betäubung abgeschnitten. Alles streng legal.

Drei bis vier Wochen nach der Geburt werden die Kleinen dann vom Muttertier getrennt, in einem Alter, wo sie in der Natur noch lange der Mutterliebe bedürften. Mit etwa 25 Kilogramm werden sie zu sogenannten Läufern, nur eben ohne Platz zum Laufen. Mindestens eines von zwanzig Schweinen überlebt diesen Stress nicht. Allerdings lässt sich dagegen durchaus etwas unternehmen. So kann man dem Futter Antibiotika zusetzen, was die Tiere weniger anfällig gegen Krankheiten macht. Dass als Nebeneffekt die dadurch entstehenden Antibiotikaresistenzen die Gesundheit der Allgemeinheit gefährden, tut man mit einer Handbewegung ab. Ab 50 Kilogramm beginnt die eigentliche Mast. Die Tiere haben zu fressen und zu wachsen, alles andere ist sekundär. Schweine neigen in Stresssituationen zu Kannibalismus. Wenn man in so einen Maststall schaut, sieht man daher überall angebissene und abgebissene Ohren, unverheilte Wunden und so weiter. Was auch sonst bei einem gesetzlich vorgeschriebenen Platzbedarf von etwa 0,75 Quadratmetern pro Tier?

Irgendwie muss der Tiertransport der Schweine, die das Schlachtgewicht erreicht haben, da schon fast eine Erholung sein, zumindest seit in Österreich das neue Tierschutzgesetz vereinheitlicht und in Kraft ist.

Jedenfalls braucht man für die Mast natürlich eine Menge Futter. Und das zuzukaufen ist teuer, weshalb viele Schweinemäster, so auch der Bauer Birnbaumer, Mais anbauen, Kukuruz, wie man in Oberösterreich dazu sagt. Der Mais wird dabei oftmals im noch nicht ganz ausgereiften Zustand geerntet, die oberirdischen Pflanzenteile werden gehäckselt, siliert und dann die Silage nach Bedarf an die Schweine verfüttert.

Mais ist ein recht anspruchsloses Gewächs, das auch mit längeren Trockenzeiten gut zurechtkommt. Düngen und gegen Schädlinge und Unkraut spritzen muss man allerdings trotzdem, um entsprechende Hektarerträge zu erreichen, und das tat der Birnbaumer leider auch in der Quellschutzzone II, obwohl das natürlich verboten ist und er für den Verzicht selbstverständlich eine angemessene Entschädigung erhielt. Aber er hatte dort schon immer Gülle ausgeführt und auch gespritzt, und es war nie was gewesen, weshalb er das ganze Theater auch absolut nicht einsah.

Das alles las der Sunny in den Dokumenten vom Leo Dörflinger. Der Kerl hatte anscheinend intensiv recherchiert. Und es ging noch weiter:

In der industrialisierten Landwirtschaft ist Dünger nur eine Notwendigkeit für gute Erträge aber alleine lange nicht ausreichend. Eine zweite ist die Wahl geeigneten Saatgutes, und dann gab es da natürlich auch noch die Notwendigkeit, den Unkräutern Herr zu werden. Bis 1995 war ein beliebtes Mittel dafür Atrazin, ein Chlortriazin. Als man sicher war, dass es über die Nahrungskette und auch das Wasser im Menschen zu Erkrankungen führte, verbot man es. 1991 in Deutschland und 1995 auch in Österreich. Das Blöde war nun, dass das Zeug einfach sagenhaft gut wirkte. Die Ersatzspritzmittel konnten da in ihrer Wirksamkeit einfach nicht heran und waren zudem auch noch teurer.

Sunny zündete sich eine Zigarette an. Am Posten war zwar Rauchverbot, aber der Lindmannsberger war schon lange nicht mehr da und morgen würde er das kaum noch riechen.

Anscheinend hatte Leo zwar keine Beweise aber durchaus Hinweise dafür gefunden, dass in Dumpfling eine gut organisierte Spritzmittelbeschaffungsgemeinschaft den illegalen Import aus Tschechien beziehungsweise Polen, wo das giftige Zeug noch erhältlich war, organisierte. Leo hatte in den letzten Wochen immer wieder Wasserproben aus der Ortswasserleitung genommen und untersuchen lassen. Die Ergebnisse waren alarmierend. Obwohl Atrazin eine Halbwertszeit von etwa 70 Tagen hatte, waren auch 20 Jahre nach dem Verbot die Grenzwerte überschritten. Und dazu kam auch noch eine deutlich nachweisbare Belastung mit E. coli Bakterien, die laut Leos Folgerungen nur durch illegales Düngen mit Jauche in der Quellschutzzone herrühren konnte.

Sunny überflog einige der folgenden Dokumente nur, dann stieß er auf eine Telefonnotiz von vor einigen Tagen:

„Bürgermeister Steinbrecher über die Wasserbelastung informiert und dass ich damit an die Öffentlichkeit gehen werde. Seine Bitte, damit noch die paar Wochen bis nach der Wahl zu warten, habe ich abgelehnt. Das könnte ihm so passen, dem Haderlumpen!"

Sunny war spätestens in diesem Moment klar, dass die Angelegenheit eine weit größere Dimension aufwies, als er bislang gedacht hatte. Und er erweiterte seine Verdächtigenliste um einen Namen: Karl Birnbaumer.

9

Melanie Nagel war eine Schönheit. Mit ihren knapp siebzehn Jahren war sie der Schwarm aller Jungen in Dumpfling. Natürlich war auch sie bei der örtlichen Landjugend. Jeder war dabei, naja, fast jeder.

Dort hatte Melanie auch Martin Dörflinger näher kennengelernt. Man kannte sich natürlich auch vorher schon, Martin war eine Klasse über ihr in die Volksschule gegangen und dann ebenfalls nach Wels ins Gymnasium, allerdings in ein anderes als sie. Da aber ihre Eltern von den Dörflingers nicht viel hielten, weil sie aus ihrer Sicht Querulanten und sowieso komische Vögel – grüne Biobauern! – waren, kam das nähere Kennenlernen erst im Zuge ihrer beider Mitgliedschaft bei der Dumpflinger Fachgruppe der Landjugend.

Und das kam so:

Vor einem Jahr hatte bei einem der allmonatlich stattfindenden Fachgruppenabende im Gasthaus, das nur noch zu solchen Gelegenheiten und am Sonntag nach der Kirche geöffnet hatte, eine Vorausscheidung zum landwirtschaftlichen Vielseitigkeitswettbewerb stattgefunden. Der siegreiche Junge und das siegreiche Mädel sollte dann zum Bezirksentscheid geschickt werden. Der Wettbewerb war eine lächerliche Farce gewesen, fand sie. Im Grunde genommen bestand er aus einem Fragebogen mit Fragen aus dem Gebiert Allgemeinwissen und Landwirtschaft. Sie hatte aber mit zumindest dem zweiten Thema nichts am Hut und beantwortete daher die Fragen schlicht und einfach nach Hausverstand, Logik und Gefühl. Im Bereich Allgemeinwissen musste sie auch kichern. „Was heißt konzentrieren wörtlich?" war eine der Fragen. Sie und Martin waren die einzigen, welche die korrekte Antwort darunter schrieben: „Eindicken".

Leider stellte sich nun bei der Auswertung der Ergebnisse, zumindest aus Sicht der Führungsmannschaft der Landjugend heraus, dass Melanie und Martin den Bewerb mit großem Vorsprung gewonnen hatten. Bei Martin ging das ja noch an, sein Vater war Biobauer, also beinahe ein richtiger Landwirt, auch wenn dem Präfix „Bio" aus Sicht der meisten ein neumoderner Makel anheftete. Aber um Himmels Willen: Man konnte doch nicht eine Nichtbäuerin zum Bezirksentscheid schicken? Die würde nie im Leben eine Siegchance haben, wobei diesen Bezirksbewerb in der ganzen Geschichte der Landjugend sowieso noch nie jemand aus Dumpfling gewonnen hatte.

Es wurde, man glaubt es nicht, öffentlich darüber diskutiert, was man mit dieser verfahrenen Situation jetzt machen sollte, und wen man anstelle von Melanie schicken müsste, bis Martin meinte:

69

„Und wozu haben wir den Vorentscheid jetzt gemacht, wenn ihr nachher eh macht, was ihr wollt? Entweder Melanie fährt, oder ihr könnt mich auch am Arsch lecken!"

Und so kam es, dass die beiden zum Bezirksbewerb fuhren. Dort war die Situation eine gänzlich andere. Es gab Teilbewerbe aus den Bereichen Sport, Allgemeinwissen, Landwirtschaft und eine Stehgreifrede zu einem ausgelosten Thema. Martin zog das Thema „Ist es heutzutage noch vernünftig, einen Bauern zu heiraten?" Er begann seine fünfminütige Rede (zwei Minuten waren gefordert) mit den Worten: „Für mich hat Heirat mit Liebe zu tun und nicht mit Vernunft!", gewann den Vielseitigkeitswettbewerb und als Draufgabe auch gleich noch das Herz des schönsten Mädels des ganzen Orts. Dass Melanie ebenfalls gewann, rundete den zweitägigen Ausflug angenehm ab, und zudem durften sie einige Wochen später sogar noch zum Landeswettbewerb nach Linz, wo sie ebenfalls vordere Ränge belegten.

Sie dachte auch daran, wie sie und Martin sich fast dafür entschuldigen mussten, nicht die Ganshofener Hauptschule zu besuchen sondern ein Welser Gymnasium. Ihre Eltern hatten ihr eingeimpft, nicht damit anzugeben sondern das Thema möglichst zu vermeiden, als wäre das etwas Unanständiges. Martin hatte ihr dann später ganz Ähnliches von sich berichtet.

Daran dachte Melanie, als sie sich am Morgen nach der Tragödie auf den Weg zur Familie Dörflinger machte, um ihnen ihr Mitgefühl auszusprechen und zu fragen, ob sie irgendwie helfen könne. Nicht einmal Martin kannte ihr Geheimnis, und sie würde es ihm auch nicht sagen. Nicht heute. Er hatte es schwer genug.

Jemand anderer kannte Melanies Geheimnis. Melanie wusste davon allerdings nichts.

*

Als Sunny mit zumindest den wichtigen Dokumenten durch war, schwirrte ihm der Kopf. Die Sache mit dem Wasser war nur ein Thema gewesen. Er fand auch die bereits erwähnte Sache mit der angeblichen Umfahrungsstraße und einiges mehr. Das waren ja fast mafiöse Zustände in diesem Drecksnest! Motive, wo man hinsah. Aber bringt man dafür jemanden um?

Er blickte auf, der Tag dämmerte bereits, und er war müde. Das Motiv sollten dann die Gerichte klären. Seine Aufgabe war es zu ermitteln.

Und genau das tat er.

*

Am gleichen Morgen warf in Wels ein Mann unbeobachtet ein Notebook von der Mitte der Fußgängerbrücke in die Traun.

71

*

Turteltäubchen kam am späten Abend nach Hause. Die Arbeit hatte ihm gestern richtig Spaß gemacht, und als er heimkam, war seine aktuelle Liebschaft nicht da. Er war darüber nicht sonderlich traurig. Sie war zwar hübsch aber in der Kiste eine taube Nuss. Er zog sich aus und legte sich ins Bett. Fünf Minuten später war er eingeschlafen. Sein Mobiltelefon hatte er vorsorglich auf lautlos gestellt, und so entging ihm der Anruf seines Vorgesetzten. Dieser beschloss, lieber nichts auf das Band zu reden und es am nächsten Morgen noch einmal zu versuchen. Die Sache war zu heikel, um so etwas in einer Mailbox zu hinterlassen.

Da seinen Vorgesetzten, einen hohen Landesbeamten aber in der Nacht unglücklicherweise in einem Linzer Edelbordell aufgrund der wirklich ausgefeilten Liebeskünste der neuen Angestellten Marijka ein Herzinfarkt überraschte, der ihn für geraume Zeit aus dem Verkehr ziehen sollte, kam er nicht mehr dazu, seinem untergebenen Gerichtsmediziner die inoffizielle Weisung zu erteilen, den Fall Dörflinger als Unfall abzuschließen, was zur Folge hatte, dass der gerichtsmedizinische Befund am nächsten Tag vom Sekretariat ganz normal bearbeitet und an die ermittelnde Behörde weitergesendet wurde.

Den Herzinfarkt eines hohen Landesbeamten, oder zumindest die Umstände desselben, vertuschte man zwar geschickt, aber der Akt war jetzt in der Datenbank der Polizei und damit außerhalb jedes Zugriffs.

Wenn man so will, war also wieder einmal das Rotlichtmilieu daran schuld, dass die Sache nun sozusagen amtlich war.

10

Der Steinbrecher hatte eine schlechte Nacht gehabt.

Und der Grund war nicht, dass seine Alte schnarchte wie ein Walross. Er war selbst auch nicht gerade ein Musterbeispiel für geräuscharme Ruhephasen, weshalb ihn das auch nicht störte, weil er, was meistens der Fall war, schon lange schlief, wenn sie sich endlich von ihrem heißgeliebten TV Gerät lösen konnte, um ihre beträchtliche Körpermasse ins eheliche Doppelbett zu wuchten.

Nein der Grund war ein anderer. Das hatte noch gefehlt, dass der vertrottelte Dorfkiwara aus Ganshofen begann, herumzugraben wie eine Trüffelsau im Waldboden. In einigen Wochen waren Wahlen. Das war sowieso seine letzte Amtsperiode, danach würde er den Ehrenring der Gemeinde entgegennehmen, seinen Hof dem Buben auch faktisch übergeben – rein rechtlich hatte er das schon lange, um die Pension kassieren zu können, man wäre ja blöd – und sich danach auf Reisen begeben und endlich die Welt ansehen. Zumindest die zwischen Paris und Venedig, weiter weg musste nicht sein. Zur Not müsste er halt seine Alte mitnehmen, das würde sich wohl kaum vermeiden lassen.

Da durfte aber das mit dem verseuchten Wasser auf keinen Fall noch vor den Wahlen rauskommen und schon gar nicht, dass der Gemeinderat Birnbaumer, der Volltrottel, daran schuld war und vor allem schon überhaupt gar nicht, dass er ihn gedeckt hatte. Wenn die Dumpflinger wo empfindlich reagierten, dann beim Wasser. Das wusste er spätestens seit vor vielen Jahren einmal Bakterien festgestellt wurden, nachdem im Ort eine mittelgroße Durchfallepidemie aufgetreten war. Sie hatten das über eine Untersuchung seitens des Landes, deren Endergebnis schon vorher festgestanden hatte, zwar noch einmal durchstehen können, aber er erinnerte sich schaudernd daran, dass sie das ein Mandat bei den Wahlen gekostet hatte. Bei den nächsten Wahlen hatten sie sich das zwar von den Grünen wieder zurückgeholt, aber wohl nur deswegen, weil die Kandidatin eine eher unbeliebte Bubikopffrisurparadealternative war, noch dazu Lehrerin in der Volksschule, und standhaft darauf beharrte, dass Kinder nach Leistung zu beurteilen wären, egal wo sie herkommen.

Die Untersuchung des Landes hatte damals wunschgemäß ergeben, dass die Verseuchung keinesfalls auf unerlaubtes Düngen in der Quellschutzzone zurückzuführen war, sondern dass offenbar ein Tier in der Nähe der Quelle verendet sein musste. Man hatte die Quelle eingezäunt, das Wasser ein paar Monate gechlort, und damit war die Sache gegessen gewesen.

Und jetzt brachte sie der Karl in diese unmögliche Situation, weil er aus lauter Gier nicht darauf verzichten konnte, trotz der fairen Entschädigungszahlungen im Quellschutzgebiet nicht nur zu düngen sondern auch noch illegale Spritzmittel zu verwenden. Und der Leo war anscheinend dahinter gekommen und hatte ihm angedroht, die Sache ausgerechnet beim Festakt öffentlich zu machen.

Um allem die Krone aufzusetzen, war der Idiot jetzt auch noch in der eigenen Jauchegrube ersoffen. Wenn das alles rauskam, und das war dem Steinbrecher klar und raubte ihm den Schlaf, würde jeder sofort ihn oder den Birnbaumer oder gleich beide verdächtigen. Und das konnte er vor den Wahlen absolut nicht brauchen! Sein Plan war also, die Wahlen zu schlagen und danach den Birnbaumer als Bösewicht auf dem Altar der politischen Entrüstung zu opfern, wenn es anders nicht ging.

Also hatte er unter Vernachlässigung einiger unwesentlicher Informationen gestern seinen Spezi in der Landesregierung angerufen. Der war zwar nicht sonderlich erfreut gewesen, dass ihn jemand bei der

75

Geburtstagsfeier seiner Tochter störte, aber hatte seinerseits gleich den Vorgesetzten des mit dem Fall betrauten Gerichtsmediziners informiert, nicht ohne ihn daran zu erinnern, wie er ihm vor einigen Jahren einmal eine kleine Gefälligkeit bei der Bauverhandlung seines Bungalows erwiesen hatte. Danach hatte der Landespolitiker den Oberst bei der Polizei angerufen. Der schuldete ihm zwar keine Gefälligkeit, aber der Hinweis, dass man ja nicht immer nur Oberst bleiben müsse sondern eine hervorragende Arbeit in diesem Amt durchaus ein Sprungbrett in eine politische Karriere sein könne, dürfte eine gewisse Motivation beinhaltet haben.

Der Steinbrecher hoffte, dass das reichen würde, um den Sonnbauer zu Räson zu bringen. Wenn nicht, musste er andere Maßnahmen ergreifen. Zur Sicherheit würde er heute mal bei der Kassa nachfragen, wie es um die Konten des Polizisten bestellt war.

*

Sunny hatte in der Tat etwas Schulden. Aber nicht in einem beunruhigenden Ausmaß. Er hatte seinen Eltern geholfen, als das Haus renovierungsbedürftig war. Schließlich würde er es ja auch einmal bekommen und wohnte dort, wenn er ein paar Tage frei hatte.

Was der Steinbrecher zu diesem Zeitpunkt noch nicht wusste, war die sexuelle Orientierung des Polizisten

Sonnbauer. Und hier kam ihm ausgerechnet jetzt der Zufall zu Hilfe.

Die Mittendorfer Mitzi, alle nannten sie Mimi, was sich aus den Anfangssilben ihrer Namen fast zwangsläufig ergab, war eine Woche zuvor mit ihrem Klöppelkreis im Landestheater in Linz gewesen. Danach waren sie dann noch in die Altstadt in ein Lokal und hatten etwas getrunken und, wie es unter Frauen nicht unüblich ist (unter Männern auch nicht, aber die halten besser dicht), ein Schwätzchen gehalten. Dabei hatte die Mimi, die von allen noch am wenigsten alkoholisiert gewesen war, in einer dunklen Ecke des Lokals einen Mann gesehen, der ihr bekannt vorgekommen war. Was heißt einen Mann, zwei waren es gewesen und das in ziemlich eindeutiger Pose. Na, geschmust hatten sie halt. Ekelhaft sowas! Die Mimi hatte das schon fast wieder vergessen gehabt, da hatte ihr die Nachbarin erzählt, dass ihr der Sunny doch glatt einen Strafzettel verpasst hatte, als sie in Ganshofen nur kurz am Zebrastreifen geparkt hatte, um Semmeln zu kaufen. Dass der Zebrastreifen ein Schulweg war und sich das ganze um 7:30 morgens abgespielt hatte, erwähnte sie dabei natürlich nicht.

Und da fiel es der Mimi wie Schuppen von den Augen: der Mann in diesem Linzer Lokal, das war der Sunny Sonnbauer, der Ganshofener Polizist, gewesen.

Es ist nun natürlich vollkommen undenkbar, mit der Last solchen Wissens fürderhin alleine zu leben, und so ging die Mimi also schnurstracks zur Nachbarin und das war – erraten – die Steinbrecherin. Die war aber am Vortag wieder einmal zu lange vor dem Fernseher gesessen und noch nicht auf, also öffnete ihr der Bürgermeister, dem sie die Neuigkeit sofort erzählen musste, um ihr Gewissen endlich zu entlasten.

Der Steinbrecher war nun wirklich keine Intelligenzbestie, aber den bauernschlauen Hausverstand konnte ihm keiner absprechen. Und darum führte er mit der Mimi ein sehr ernstes Gespräch, in das er seine gesamte bürgermeisterliche Würde einbrachte. Er legte ihr nahe, davon auf keinen Fall jemandem auch nur ein Sterbenswörtchen zu verraten. Schließlich könne so etwas eine Existenz zerstören, und der Sunny wäre doch ein guter Polizist. Und außerdem solle, wie schon Friedrich der Große sagte (er war stolz auf dieses Zitat, das er vor kurzem in ZDF Info aufgeschnappt hatte) jeder nach seiner „Fassung" glücklich werden, solange er sich an die Gesetze hielte.

Und um dem Ganzen noch etwas Nachdruck zu verleihen, merkte er an, dass er gehört hätte, ihr Haus müsste eigentlich aufgrund einiger offensichtlich gefährlicher Risse einmal näher untersucht und im Falle eines entsprechenden, positiven Untersuchungsergebnisses ev. evakuiert werden, bis die Schäden repariert sein würden, aber er könne wohl verantworten, das unter den Tisch fallen zu lassen, wenn sie ihrerseits – nun ja, etwas Diskretion bezüglich der Sache mit Sunny, kennst dich aus?

Sie kannte sich aus.

*

Der Sunny war in einer verzwickten Lage. Das Wissen aus den Dokumenten in der Cloud des Mordopfers – und dass es Mord war, davon ging Sunny jetzt fix aus – konnte er nicht einfach so verwenden. Schließlich hatte er sich den Zugriff darauf nicht gerade auf dem vorgeschriebenen Amtswege verschafft. Was also sollte er tun?

Er beschloss, seinen Kollegen Ernst Lindmannsberger um Rat zu fragen. Auch wenn sie nicht gerade den gleichen Musikgeschmack teilten, so waren sie in Bezug auf Recht und Rechtschaffenheit doch ziemlich auf einer Linie.

Wie bereits erwähnt, hatte der Ernst eine, wie er es nannte, seine unbefriedigende Ehesituation ausgleichende, platonische Beziehung mit der Dorfschönheit Sonja. Dass die Beziehung alles war, nur nicht platonisch, ist eine andere Geschichte. Sonja war einigermaßen experimentierfreudig, und so hatten die beiden bei ihren meist tagsüber arrangierten Treffen in ihrer Wohnung jede Menge Spaß. Sonjas Mann schien sich nicht darüber zu wundern, wie oft in ihrem Haushalt die Betten neu bezogen wurden. Er wunderte sich berufsbedingt überhaupt selten noch über irgendetwas. Er war Psychologe. Studierter sogar! Sein Spezialgebiet war die Glückspsychologie. Zu fragen, was man sich darunter außer sinnigen Kalendersprüchen wie „Liebe Dich selbst!" vorstellen könne, das hatte Sonja schon längst aufgegeben. Sie kannte schließlich ihren Mann auch von einer anderen Seite. Zuhause war er sehr oft betrunken, und dann wurde er richtig tief, ja primitiv. Sonja sagte ihm dann öfter, dass das eine Schande für jeden Akademiker sei. Glücklicherweise neigte er wenigstens nicht zu Gewalttätigkeiten. Das hätte ihm aber bei ihr – sie war einigermaßen dominant – auch schlecht bekommen. Die Folge war ein arrangiertes Nebeneinander, wo keiner der beiden so ganz genau wissen wollte, was der oder die andere sonst so trieb.

Und so saßen ein etwas ratloser Sunny und ein offensichtlich wieder einmal befriedigter Ernstl am Montag zu Mittag beim Ganshofener Kirchenwirt, aßen einen Schweinsbraten, der mit Garantie nicht von einer glücklichen Sau stammte, und tranken dazu ein Bier. So genau nahm man es mit dem Alkoholverbot im Dienst nicht, und wenn jemand fragen sollte, dann war es selbstverständlich ein alkoholfreies Bier, eh klar.

„Du bist ein fester Trottel!" grummelte Ernst mit vollem Mund – das Bratl war wirklich vorzüglich.

„Ja, was sollte ich machen? Der Diebstahl des Notebooks war ja auch nicht gerade legal, oder? Da kann man schon einmal alternative, ermittlerische Maßnahmen in Erwägung ziehen!"

„Ja, aber … na egal. Was machen wir jetzt?" Auch Ernst schien ziemlich ratlos.

Sunny schlug vor, die Ermittlungen in alle derzeit in Frage kommenden Richtungen voranzutreiben. So sollte der Ernst sich eingehender um den Tischlermeister Nagel kümmern, der dem Sunny irgendwie so gar nicht koscher vorkam, und er, Sunny, würde sehen, wie er in der Sache mit dem vergifteten Wasser weiterkäme und in diesem Zusammenhang natürlich dem Steinbrecher etwas auf die Zehen steigen müssen.

„Na, da wirst du gegen ein paar ziemlich harte Wände laufen. Hast ja schon gesehen, wie schnell das über hohe Tiere beim Land geht!" meinte der Ernstl dazu, offensichtlich durchaus froh, sich nur um den Nagel kümmern zu müssen.

Und so gingen sie auseinander und hatten keine Ahnung, dass sie sich für längere Zeit nicht mehr unterhalten würden.

*

Der Sunny ging also zum Steinbrecher, um ihn zu befragen.

Der Hof des Bürgermeisters war groß. In Oberösterreich hat sich seit Jahrhunderten die Maßeinheit „Joch" eingebürgert. Das war ungefähr die Fläche, die ein Bauer mit einem Ochsen im Joch an einem Tag pflügen konnte. In Deutschland sagte man dazu Morgen, in England Acre, und überall waren diese Maßeinheiten etwas unterschiedlich in der tatsächlichen Größe. Ein Joch waren in etwa 5600 Quadratmeter, also etwas mehr als ein halber Hektar. Der Steinbrecher hatte weit über hundertfünfzig Joch, das war schon ziemlich viel in einer Gemeinde mit einer Fläche von nur etwa 18 Quadratkilometern.

Früher war zur Bestellung von so viel Land ein ansehnliches Heer von Knechten und Mägden nötig gewesen. Noch Anfang der 1950er Jahre waren in Österreich etwa zehn Prozent der Erwerbstätigen in der Landwirtschaft tätig, und für die meisten war das eine harte, schlecht bezahlte Arbeit gewesen. Die Bauern waren Anfang des letzten Jahrhunderts in ihrem Selbstverständnis zu einer Art Landadel geworden, die ihre Knechte und Mägde oft kaum besser behandelt hatten als ihr Vieh. Längst war vergessen, dass sie zweihundert Jahre früher selbst noch Leibeigene gewesen waren, bevor Maria Theresia und ihr Sohn Josef II die Leibeigenschaft endlich abgeschafft hatten.

Anfangs des 21. Jahrhunderts hatte sich das grundlegend geändert. Selbst größere Höfe waren fast immer mehr reine Familienbetriebe. Landmaschinen hatten die Knechte überflüssig gemacht, und 2015 waren nur noch etwas mehr als ein Prozent der Erwerbstätigen in der Landwirtschaft tätig. Aus dem einstmals so stolzen Bauern war teilweise ein Förderungsempfänger geworden. Man wurde beim Beitritt zur EU dafür gefördert, Mostobstbäume umzusägen, nur um zehn Jahre später eine Förderung dafür zu kassieren, wieder welche zu pflanzen. Diese Absurditäten nahmen in Anbetracht des Geldes die meisten achselzuckend zur Kenntnis. Damit verschwanden allerdings auch zusehends die unternehmerischen Qualitäten. Statt Ideen und Denken, wie man am Markt reüssieren könnte, verwendete man im Winter, wenn die Arbeit großteils ruhte, die Energien darauf, herauszufinden, wo es wieder irgendwelche Förderungen zu beantragen gab.

Der Steinbrecher war ein Musterbeispiel dafür. Die arbeitsintensive Forstwirtschaft hatte er über Grundstückstäusche und Schlägerungen zugunsten einer hauptsächlich dem Anbau von Mais angelegten Landwirtschaft aufgegeben. Natürlich kann man aufgrund der Fruchtfolge nicht nur Mais anbauen, und so waren auch Gerste, Raps und Weizen auf seinen Feldern zu finden. Regenwürmer dafür immer weniger, dafür sorgten die überdimensionalen Traktoren, Mähdrescher und Landmaschinen sowie der intensive Einsatz von Kunstdünger und Spritzmitteln.

Den Steinbrecher kümmerte das Bienensterben und das Verschwinden der Regenwürmer weniger. Solange Dünger zu guten Ernten führte, sah er das als schwarzmalerische Stimmungsmache der Grünen, sonst nichts. Schon schlimm genug, dass man Mais jetzt aufgrund eines Landesgesetzes zur Eindämmung des Maiswurzelbohrers nur noch an maximal drei aufeinanderfolgenden Jahren am gleichen Feld anbauen durfte. Wo das noch hinführen würde …

Daran dachte der Steinbrecher kurz, als der Polizist Sonnbauer bei ihm in der Stube saß. Er hatte ihm einen Most angeboten, aber Sunny hatte mit dem Hinweis auf seinen Dienst natürlich dankend abgelehnt. Most war überhaupt so eine Sache. Sunny konnte sich noch allzu gut an einen sonntäglichen Stammtisch in Ganshofen erinnern, wo der erste heurige Most ausgeschenkt worden war. Der war noch sehr stürmisch gewesen und plötzlich stand ein alter Bauer langsam mit den Worten auf: „Ah! So einer bist du!" Das war an den Most gerichtet gewesen. Der war für den Darm des Bauern zu schnell wirksam geworden. Er würde sich an den etwas breitbeinigen Gang des älteren Herren noch lange erinnern, als er das Wirtshaus verließ und nach Hause watschelte, wo seine Frau sicher eine Mordsfreude gehabt hatte.

So saß der Sunny also vor einem Glas Wasser und dem Steinbrecher und wusste nicht, wovor ihm mehr grauste. Schließlich war ihm der Bericht über das Wasser noch allzu deutlich in Erinnerung.

Er hatte sich einen Plan zurechtgelegt, wie er sein Wissen über Leos Nachforschungen verwenden konnte, ohne zuzugeben, dass er illegalerweise sein Konto in der Cloud hatte hacken lassen. Er beschloss, dem Steinbrecher diesbezüglich eine vor den Latz zu knallen und die Reaktion genau zu beobachten. Aber zuerst einmal fragte der Bürgermeister ihn. Auch recht, nur nicht hudeln, dachte er sich.

„Und was gibt es Neues bei dem tragischen Unfall vom Leo?", wollte der Bürgermeister wissen. Das Wort „Unfall" war dabei sicher wohlbedacht gewählt worden, dachte sich Sunny.

„Schaut nicht aus, als wäre es ein Unfall gewesen.", klärte ihn Sunny auf. „So wie sich das jetzt darstellt, ging dem Sturz ein Handgemenge voraus, es war also Mord oder zumindest Totschlag."

Das war zwar noch lange nicht erwiesen, aber einen Schuss ins Blaue war es schon wert, dachte sich Sunny und achtete auf die Reaktion seines Gegenübers. Welche aber ausblieb. Oder zumindest hatte sich der Steinbrecher gut in der Gewalt.

„Na schau an. Das ist ja was! Und wen hast in Verdacht?"

Das war der Punkt, an dem Sunny sich entscheiden musste. Sollte er ihm knallhart ins Gesicht schleudern, dass er seinem Hauptverdächtigen soeben gegenübersaß oder das Ganze doch lieber etwas subtiler angehen? Sunny entschloss sich zu zweiterem.

„Wir, also mein Kollege und ich, sind ziemlich sicher, dass der Computer vom Leo gestohlen wurde. Also haben wir ein wenig nachgeforscht, und es scheint, als hätte der Leo glücklicherweise seine Daten online gesichert. Jetzt brauchen wir nur noch eine Genehmigung, um darauf zugreifen zu können, dann wissen wir mehr. Aber anscheinend war er irgendeiner Sache mit dem Wasser auf der Spur." Sunny warf einen bewussten Blick auf das vor ihm stehende Glas und fuhr fort: „Mal sehen, was sich da dann als Motiv und wer als Verdächtiger herausstellt."

Der Steinbrecher, so gut er sich auch zu beherrschen versuchte, wurde plötzlich knallrot im Gesicht. Sunny tat als bemerkte er das nicht. Scheinbar hatte er da gerade wirklich in ein Wespennest gestochen.

„Und was willst in dem Zusammenhang jetzt von mir wissen?", brachte er gerade noch heraus und trank dann einen großen Schluck Most, vermutlich um seine Erregung zu verbergen.

„Ob dir da was bekannt ist. Von einer Sache mit dem Wasser, meine ich."

„Nicht dass ich wüsste. Ich trinke es jeden Tag.", versicherte ihm der Bürgermeister, um dann, sich wieder gefasst zeigend, mit einem süffisanten Grinser fortzufahren: „A propos trinken. Die Mimi hat mir gestern erzählt, sie hätte dich in Linz in einem Lokal gesehen. Mit einem Freund, meinte sie. Ich wollte dir nur sagen, ich habe ihr empfohlen, darüber das Maul zu halten. Du weißt ja, wie schnell die Leute reden. Und auch wenn da wohl nichts dran ist, kannst du das sicher nicht brauchen, dass dir da eine … ähm … unnatürliche Veranlagung nachgesagt wird. Weißt, ich habe sicher einen gewissen Einfluss auf die Mimi, ich glaube, wenn ich ihr nochmal eindringlich empfehle, ihr Schandmaul zu halten, dann brauchst du dir da keine Sorgen zu machen. Und mir ist ja sowieso egal, was du in deiner Freizeit machst."

„Solange du mich in Ruhe lässt.", sagte der Steinbrecher zwar nicht, aber Sunny verstand, dass es genau darauf hinauslief.

Den Sunny bringt so schnell ja nichts aus der Ruhe, aber jetzt musste er sich schon sehr zusammenreißen, um seinen Schock nicht zu zeigen. Er dankte also dem Bürgermeister für seine Unterstützung und schaute, dass er sich schnell verabschieden konnte, um die Sache erst mal zu verdauen.

Manche Menschen werden unter Druck irrational und können dann nicht mehr logisch denken. Bei anderen ist das genaue Gegenteil der Fall. Sunny gehörte zu diesen anderen. Als er also darüber nachdachte, wurden ihm zwei Dinge sehr schnell klar:

Erstens war das glatte, versuchte Erpressung. Wenn er nachgab, würde er sich zum ewigen Lakaien des Bürgermeisters machen.

Zweitens war die Sache nun auf Dauer wohl nicht mehr geheim zu halten. Somit fiel aber auch die Erpressungsgrundlage weg, und er beschloss, die Angelegenheit einfach auf sich zukommen zu lassen. Schließlich lebte man im 21. Jahrhundert und nicht mehr im Mittelalter. Er sah das sogar als Vorteil – so konnte er sich auf sein Outing vorbereiten und sich überlegen, was und wie er sich dazu äußern würde. Eines würde er gewiss nicht: sich rechtfertigen. Auch das wurde ihm klar.

11

Dass Melanie und Martin ein Paar waren, das wusste außer einer alten Eiche mitten im letzten Mischwald von Dumpfling keiner. Es war gar nicht so einfach, eine Eiche in Dumpfling zu finden. Fichten wachsen einfach viel schneller, was dazu geführt hatte, dass fast alle

Mischwälder verschwunden waren und der Borkenkäfer ein viel angenehmeres Arbeiten hat.

Die Eiche wusste es deshalb, weil Martin in einem Anflug von ländlicher Romantik ein Herz mit „M & M" in ihre Rinde geschnitzt hatte. Und dabei hatte er nicht an die verführerischen Schokobonbons gedacht sondern an Melanie und sich selbst.

Was Martin nicht wusste war, dass ihre Beziehung nicht ganz ohne Folgen geblieben war. Man merkte Melanie zwar noch nichts an, aber der Test vor zwei Wochen war blau geworden wie ein Frühlingshimmel an der Adria oder wie das nächste zu erwartende Wahlergebnis. Sie wollte es ihm sagen, nachdem er vom Urlaub in Kärnten zurückgekommen wäre, aber unter den gegebenen Umständen fand sie es unpassend. Martin hatte im Moment wirklich genug Sorgen.

Und so schwieg Melanie. Was machte schon eine Woche mehr? Abtreiben würde sie das Kind auf keinen Fall. Und sonst wusste ja niemand davon.

Dachte Melanie.

*

Ernst Lindmannsberger war zu der Zeit, als Sunny gerade sein aufschlussreiches Gespräch mit dem Bürgermeister führte, zum Tischler Nagel gefahren, um ihm ein wenig auf den Zahn zu fühlen. Wie schon erwähnt, versprachen er und Sunny sich nicht sehr viel davon, weil sie beide eher davon ausgingen, dass der Steinbrecher als Hauptverdächtiger zu betrachten sei.

Franz Nagel wohnte in einem geräumigen Haus, das direkt an die Tischlerei angrenzte. Die Stube war auf eine moderne und trotzdem rustikale Weise eingerichtet. Man merkte, dass hier Geld keine große Rolle gespielt hatte. An der Wand hing ein mächtiger Sechzehnender, was jedem Besucher sofort zeigte, dass man sich Jägerwitze wie „Wie erschießt ein Jäger einen Esel? Er dreht die Büchse um!", besser verkniff.

Die Befragung des Tischlermeisters ergab dann auch nichts Verwertbares. Nein, er habe nichts gesehen und nein, er habe keine Ahnung, warum sich der Nagler umgebracht hätte. Ach so? Kein Selbstmord? Dann war es wohl ein Unfall. Tragisch, ja. Aber was soll man da machen?

Ernst Lindmannsberger beschloss, ein wenig auf den Busch zu klopfen. Ob der Herr Nagel wisse, dass ein Notebook verschwunden sei? Man gehe davon aus, dass das etwas mit dem Mord zu tun habe.

Er verwendete absichtlich das Wort „Mord".

Und es gäbe Hinweise darauf, dass das Opfer auf dem Notebook brisante Informationen gesammelt habe, die er glücklicherweise, wie es den Anschein hätte, im Internet online gesichert haben dürfte. Leider dauere da der Amtsweg immer ein paar Tage, aber man werde das schon hinbekommen, den Zugriff darauf nämlich. Das müsse eben alles seinen vorgeschriebenen Gang gehen, wegen Datenschutz und so.

Der Nagel konnte sich entweder sehr gut beherrschen, oder er hatte wirklich nichts mit der Sache zu tun. Er fragte anscheinend ungerührt nach, um welche „brisanten Informationen" es sich dabei handle? Der Ernstl fiel darauf natürlich nicht herein und meinte nur, das werde man dann erst sehen, wenn man darauf Zugriff habe. „Hier stelle ich die Fragen!", dachte er sich.

Als er des Tischlermeisters Haus verließ, war er so schlau wie zuvor, so gestand er sich selbst ein. Nur der Nagel war jetzt etwas schlauer. Eigentlich sollte es nach einer Befragung genau umgekehrt sein. Man muss halt nicht immer Fragen stellen, um etwas zu erfahren.

*

Weil nicht weit von der Tischlerei Nagel entfernt auch der Hof von Karl Birnbaumer lag, beschloss Ernst, dass er dem auch gleich noch etwas auf seine dritten Zähne fühlen würde.

Im Unterschied zum Haus des Tischlermeisters herrschte in der altmodisch eingerichteten Stube des Saubauern ein veritabler Saustall. Eigentlich hätte der sich den Neubau des Stalls sparen können, dachte der Ernstl. Das Gespräch mit dem Karl Birnbaumer brachte wie erwartet genauso viel wie das beim Nagel. Er hatte nichts gesehen und wusste von nichts.

Also zog auch hier der Herr Inspektor wieder ohne großartigen, informativen Zugewinn ab und beschloss, dass es für heute wirklich reichte. Er rief Sonja an, ob sie eventuell? Ja? Super, dann komme er gleich vorbei.

Dass ihm dabei in einiger Entfernung ein Auto folgte, fiel ihm in seiner Begeisterung nicht auf. Und natürlich konnte er auch nicht wissen, dass jemand, nachdem er Sonjas Wohnung in Ganshofen betreten hatte, das Telefon in die Hand nahm und ihrem Mann einen kleinen Tipp gab.

*

Der Herr Psychologe, der Name tut hier nichts zur Sache, hatte seine Praxis, wenn man das so nennen will, in Wels. Sein Laden ging im Moment nicht sonderlich gut, aber es reichte, um halbwegs über die Runden zu kommen. Da im Moment kein Klient anwesend war, hob er sofort ab, als sein Mobiltelefon klingelte.

Nun macht es einen Unterschied, ob man etwas nicht weiß oder nicht wissen will, oder ob man mit der Nase darauf gestoßen wird. Im ersten Fall kann man über einiges hinwegsehen, zumal, wenn man ja vielleicht selbst auch nicht gerade ein Mönch ist. Die Sache war aber eine gänzlich andere, wenn man ganz offiziell darüber informiert wurde, dass der neue Bettüberzug heute am Abend einen handfesten Grund haben würde. Und so überkam den Herrn Psychologen ein ganz und gar unakademischer, instinktiver Zorn und er stürzte überhastet zum Auto und fuhr in Richtung seiner Wohnung.

In diesem Zusammenhang war es ein Unglück für den Ernst Lindmannsberger, dass der Herr Psychologe in seiner Freizeit beim Welser Baseballclub spielte, wo er zwar ein lausiger Feldspieler war, weshalb man ihn meistens ins Right Field steckte, wo die wenigsten Bälle landeten, aber ein durchaus passabler Batter mit einem kräftigen Schwung und so manchem Home Run. Und natürlich lag sein Louisville Slugger Bat stets im Kofferraum seines Autos. Das tat er heute auch, allerdings nicht mehr, als der Herr Psychologe in die Wohnung kam, wo Ernstl und Sonja ebenfalls gerade kamen.

Was nun folgte, war, wenn man so will, ein Home Run der ganz speziellen Art.

Natürlich könnte man das hier minutiös beschreiben, aber wir wollen uns damit begnügen, auch im Hinblick darauf, dass bei der ganzen Handlung nicht sehr viel gesprochen wurde und es nichts mit der eigentliche Mordsache zu tun hatte – wir wollen uns also damit begnügen, dass etwa zehn Minuten nach dem Sturm auf die Home Base der Ernst einen gebrochenen Unterarm (Abwehrbewegungen gegen Baseballschläger sollte man sich immer gut überlegen), einen Milzriss, gequetschte Hoden und vier gebrochene Rippen hatte und die nächsten Wochen im Krankenhaus darüber nachdenken würde, ob er vorher noch gekommen war und ob es das wert gewesen war.

Der Herr Psychologe wurde kurz darauf von einer Einsatztruppe aufgegriffen. Bei Angriffen auf Kollegen verstehen die wenig Spaß. Da nutzte es dem Herrn Psychologen auch nicht viel, sich nicht zu wehren. Auf dem Weg ins Kommissariat in Wels stolperte er leider mehrmals und zog sich einige unbedeutende Verletzungen zu, verlor zwei Schneidezähne und war aufgrund der Gehirnerschütterung, als er sich den Kopf beim Einsteigen ins Polizeifahrzeug stieß, einige Tage vernehmungsunfähig. Diese Unglücksfälle führte man auf seine verständliche Aufgeregtheit zurück, eine Erklärung, der sich das Gericht anschloss, womit es den Vorwurf polizeilicher Übergriffe zurückwies.

Viel schwerwiegender war, dass er daraufhin natürlich arbeitslos war, weil er seine Zulassung verloren hatte, nachdem man ihn wegen schwerer Körperverletzung verurteilt hatte. Aber im Gefängnis hätte er sowieso wenig Möglichkeiten für Glückspsychologieseminare gehabt.

Seine Frau Sonja beschloss daraufhin, ihr Hobby zum Beruf zu machen und in Zukunft für die Tätigkeit, die ihr mit dem Ernstl immer so viel Spaß gemacht hatte, Geld zu verlangen. Irgendwie musste man ja über die Runden kommen.

*

Somit hatte die Libido des Ernstl bzw. die fast schon apostolische Begeisterung des Herrn Psychologen für wohlgezielte Schläge also dazu geführt, dass der Sunny den Fall alleine lösen musste. Den Besuch im Krankenhaus konnte er sich auch sparen, weil der Ernstl noch einige Tage lang kaum ansprechbar sein würde. Im Übrigen sah er zwischen Ernstls Sportunfall und seinem Mordfall keine Verbindung. Irgendwann hatte so etwas ja passieren müssen.

Indessen rollte aber wieder der Polittsunami. Der Steinbrecher hatte seine Kanäle noch einmal bemüht, um die Einsichtnahme in die Onlinedaten des Mordopfers zumindest bis nach den Wahlen zu verzögern. Als Sunny diesbezüglich nachhakte, er hatte ja ganz offiziell den entsprechenden Antrag gestellt, man möge diese Daten zu Ermittlungszwecken hacken, bekam er nur verwaschene Ausflüchte zu hören. Ihm wurde schnell klar, dass sich das hinziehen würde. Da musste also ein Plan B her. Und weil er von früher noch einen guten Freund bei einer kleinformatigen Tageszeitung hatte, beschloss er, den Dienstweg geringfügig zu umschiffen.

Er rief also Patrick an, seinen ehemaligen Schulkollegen. Und weil er dem vorbehaltlos vertraute, erzählte er ihm, nachdem er sich Quellenschutz zusichern ließ, worauf er gestoßen war und auch wie.

Patrick war schon in der Schule ein vifer Kerl gewesen. Er war Klassensprecherstellvertreter und ein furchtbarer Quälgeist für die Lehrer, weil er dauernd alles hinterfragen musste und so die Lehrer dazu zwang, sich auf die Unterrichtsstunden vorzubereiten. Natürlich hatte er auch maßgeblichen Anteil daran, dass die Schülerzeitung kein zahnloses Organ war, sondern durchaus Missstände in der Schule aufzeigte und so einiges an Veränderungen bewirkte.

Das reine Bubengymnasium war – aus Sicht des erzkonservativen Direktors unglücklicherweise – in einem Gebäude mit einer HBLA, also einer „Knödelakademie" mit damals ausschließlich weiblichem „Schülermaterial" angesiedelt, deren Direktor zur Vervollkommnung der unangenehmen Situation auch noch der ungeliebte Bruder des Direktors der Knabenschule war. Nun war der Direktor auf die glorreiche Idee gekommen, der „unangebrachten und unerträglichen Vermengung des Schülermaterials beider Schulen" im wahrsten Sinne des Wortes einen Riegel vorzuschieben, indem er die einzige

Verbindungstüre der beiden Schulen mit einer wuchtigen Kette und einem noch wuchtigeren Vorhängeschloss dauerhaft versperren ließ.

Die Schülerzeitung, in der medienwirksam auf jeder Seite des so fest verschlossenen Tores je ein schmachtender Schüler respektive eine weinende Schülerin ihre Hände am trennenden Glas vereint hatten, musste dreimal nachgedruckt werden, weil man die Nachfrage vollkommen unterschätzt hatte. Wozu auch der sarkastisch aber stilsicher geschriebene Artikel von Patrick maßgeblich beigetragen haben dürfte.

Jedenfalls flatterte schon bald ein Angebot einer Zeitung in Patricks Briefkasten, und ab diesem Zeitpunkt war er dort freier Mitarbeiter, und nach seiner Matura wurde er sofort fest angestellt.

Die Kette allerdings hing noch Jahre an der Tür. So leicht gibt ein Schuldirektor nicht nach.

Sie lachten beide, als sie sich an diese Geschichte erinnerten. Man kam irgendwie jedes Mal darauf zu sprechen, wenn man sich wieder einmal zufällig, oder wie in diesem Fall nicht zufällig, über den Weg lief. Nach dem Anruf hatten sie sich auf einen Kaffee in Wels getroffen, und die Angelegenheit eingehend besprochen. Was die Sache mit der Cloud des Mordopfers betraf, bot Patrick an, unter Quellenschutz auf einen anonymen Hacker hinzuweisen, der der Zeitung die entsprechenden

Dokumente hätte zukommen gelassen, was im Wesentlichen ja auch der Wahrheit entsprach.

Und so kam es, dass am Dienstagmorgen im Lokalteil des Kleinformats ein halbseitiger Artikel erschien mit der griffigen Überschrift:

Dumpflinger Wasser giftige Brühe?

Der Artikel selbst hatte es dann auch in sich, indem er feststellte, dass eine Privatperson, Leo. D., am Sonntag unter mysteriösen Umständen ums Leben gekommen, seit einigen Wochen Wasserproben in Dumpfling genommen und dabei deutliche Grenzwertüberschreitungen festgestellt habe, und zwar sowohl des hochgiftigen und verbotenen Stoffes Atrazin als auch von Kolibakterien, die Krankheiten wie Ruhr auslösen können. Die geschickte Verknüpfung des ungelösten Todes des Nachforschenden in Verbindung mit Fragezeichen an den Stellen, wo Beweise fehlten, suggerierten dem Leser einiges, ohne jedoch vor dem Medienrat oder gar einem Gericht angreifbar zu sein.

So warf der Artikel zum Beispiel die „derzeit noch nicht beantwortbare" Frage auf, ob es angesichts der bevorstehenden Wahlen hier zu einer beabsichtigen Verdunklung des Sachverhalts gekommen sei, ließ dabei aber die Frage offen, wer in diesem Falle dafür verantwortlich wäre. Jedenfalls wäre der Bürgermeister der Gemeinde nach den der Zeitung vorliegenden Dokumenten offensichtlich durchaus informiert gewesen.

Wie die Zeitung an die brisanten Informationen gekommen wäre, wurde unter Hinweis auf „redaktionelle Nachforschungen" eher schwammig umschrieben.

Sunny fand, dass Patrick hier ein Meisterwerk abgeliefert hatte. Mikael Blomqvist hätte es in Millennium nicht besser machen können. Er musste lachen, als er an seinen Neffen dachte. Einer Lisbeth Salander sah der nun wirklich nicht ähnlich.

*

In der Tat schlug der Artikel ein wie eine Bombe. Am Gemeindeamt von Dumpfling lief das Telefon den ganzen Tag über heiß, der Bürgermeister ließ sich verleugnen und tobte in seinem Amtszimmer wie ein Berserker. Daran war nur dieser übereifrige, hinterfotzige Pflasterhirsch schuld, dessen war er sich sicher. Dem würde er es jetzt zeigen. Er hatte ihn ja gewarnt.

Also saß der Steinbrecher zu Mittag wie gewohnt in seiner Stube und nahm das Essen mit seiner Gattin ein. Auch wenn sie sonst ihre Schwächen hatte, kochen konnte sie, das musste man ihr lassen. Die Erdäpfelnudeln waren nicht nur eine typisch oberösterreichische Spezialität, im Rohr gebacken und dann mit Rahm aufgegossen, sondern auch seine Lieblingsspeise. Da ließ er jeden Schweinsbraten stehen.

Und wie er also wie immer viel zu viel davon aß, was einen Schnaps danach dringend erforderlich machen würde, erzählte er seiner Angetrauten ganz beiläufig davon, wie ihm gestern die Mimi hinter vorgehaltener Hand mitgeteilt hätte, dass der Polizist Sonnbauer offenbar eine warme Sau sei, wie er sich ausdrückte, und wo sie das beobachtet hätte. Er hätte die Angelegenheit auch ganzseitig in den oberösterreichischen Nachrichten inserieren können, aber es seiner Frau zu erzählen, war eine deutlich schnellere und preisgünstigere Möglichkeit, diese Information unter die Leute zu bringen, das wusste er. Natürlich solle sie das besser niemandem erzählen, fügte er hinzu, wobei das schon bedenklich sei, weil so ein Amtsorgan damit ja erpressbar sei, und so weiter.

Nachdem sie gegessen hatten und seine Gattin das Geschirr in den Spüler geräumt hatte, und nachdem der Steinbrecher seinen Schnaps getrunken und sich sodann zum wohlverdienten Mittagsschläfchen hingelegt hatte – an einem Regentag wie diesen war an Feldarbeit eh nicht zu denken – ging seine Frau schnurstracks zur Nachbarin, um die Neuigkeit ganz im Vertrauen loszuwerden. Sie hatte eine ausgeprägte Fantasie und schmückte so die Sache in einer Art und Weise aus, wie sie sich sowas Grausliches wie ein trautes Zusammensein zweier Homosexueller eben vorstellte. Danach fuhr sie nach

Ganshofen einkaufen, wo sie einige Bekannte traf, denen man das natürlich auch nicht vorenthalten durfte – selbstverständlich unter dem abgenommenen Versprechen, davon nur ja nichts weiterzuerzählen.

Am selben Abend wusste jeder in Dumpfling und Ganshofen, der sich nicht tagsüber bei abgeschaltetem Telefon eingesperrt hatte, darüber Bescheid, dass der Sunny in Linz auf frischer Tat mit einem minderjährigen Stricher ertappt worden war.

12

Die Familie Dörflinger hatte ganz andere Sorgen. Das Begräbnis konnte noch nicht geplant werden, weil die Gerichtsmedizin die Leiche immer noch nicht freigegeben hatte. Somit konnte man weder mit dem Pfarrer über Totenwache, in Dumpfling sagte man dazu „Wachten gehen" reden, noch über die Beerdigung, noch konnte man die Parten drucken lassen.

Das einzige, was zu tun blieb, war zu trauern und die Adressen derer herauszuschreiben, denen man eine Parte schicken musste. Im Ort selbst bekam über einen Postwurf sowieso jeder Haushalt eine.

Die größten Sorgen aber bereitete Anja und Martin die Frage, wie es mit dem Hof weitergehen würde. Martin wollte unbedingt studieren, was in Anbetracht seiner schulischen Leistungen auch nie in Frage gestellt worden war. Und in diese Existenzproblematik platzte jetzt Melanie, die entgegen ihres ursprünglichen Vorhabens einfach nicht mehr anders konnte, als Martin von ihrer Schwangerschaft zu erzählen.

Sie hatte davor Angst gehabt. Wie würde er reagieren?

Er reagierte gar nicht. Zumindest nicht mit Worten. Er nahm sie in die Arme und ließ sie lange nicht mehr los. Manchmal sind Worte sowieso fehl am Platz.

*

Wieder ganz andere Sorgen hatte Sunny.

Wenn am Land über dich gesprochen wird, kannst du davon ausgehen, dass du der Letzte bist, der etwas erfährt. Aber ebenso darfst du mit Sicherheit davon ausgehen, dass es immer jemanden gibt, der es dir unter der Maske der Freundschaft mit innerlichem Genuss um die Nase reibt, was man sich so von dir erzählt. Natürlich gut gemeint, nicht falsch verstehen, bitte! Er oder sie würde es dir ja nicht sagen, aber schließlich hättest du ein Recht zu wissen, was man so über dich ... wobei man selbst natürlich das alles furchtbar fände und auf deiner Seite stünde, das wüsstest du aber, ja?

Der Sunny erfuhr es, als er sich am Nachmittag an diesem verregneten Dienstag in der Ganshofener Bäckerei seine Jause holte. Er hatte bis 19 Uhr Dienst, und da brauchte er am Nachmittag einfach einen Bissen, sonst hielte er das nicht durch. Dazu kam, dass er immer noch alleine am Posten war, weil aufgrund der Sportaktivitäten vom Ernstl als Ballersatz dieser natürlich längere Zeit ausfallen würde und der Ersatzmann noch auf sich warten ließ.

Als er also in der Bäckerei darauf wartete, dass sein Käseweckerl mit Schinkel hergerichtet wurde, steckte ihm eine mitfühlende Ganshofenerin, was man sich über ihn erzählte. Dass bei dieser Gelegenheit noch zwei weitere Kunden im Laden ebenfalls hörten, was sie ihm mitzuteilen hatte, richtete keinen Schaden an, weil sie es den beiden schon vorher ebenfalls unter dem Siegel der Verschwiegenheit mitgeteilt hatte. Im Lexikon hätte man unter „Feinfühligkeit" vermutlich ihr Bild finden können.

Der Sunny war, wie bereits erwähnt, aufgrund seiner Abschätzung der Situation, die er nach dem Besuch beim Steinbrecher vorgenommen hatte, darauf aber gut vorbereitet und meinte dazu nur:

„Na, da würde ich an deiner Stelle jetzt gut auf deinen Mann aufpassen, nicht dass ich ihn dir noch wegnehme!"

Und damit ging er mit dem mittlerweile fertigen und bezahlten Schinkenweckerl aus dem Laden, eine Ganshofener Dorfratsche mit offen stehendem Mund zurücklassend. Ihm war natürlich klar, dass die nächsten Tage in dieser Hinsicht noch ereignisreich werden würden, aber wenn man es genau nimmt, war er fast erleichtert, dass das Versteckspiel endlich ein Ende hatte.

Irgendwie war er schon eine coole Sau, der Sunny!

*

Am Morgen des Mittwoch nach diesem unsäglichen Sonntag gab die Gerichtsmedizin die Leiche endlich frei. Es war nach dem gestrigen Regentag jetzt wieder ein sonniger Julitag geworden.

Das Begräbnis wurde für den darauf folgenden Montag angesetzt, das Wachten für den Samstagabend. Die Parten wurden beauftragt und gedruckt und waren am Donnerstag in den Briefkästen. Im Gasthaus wurde das Totenmahl bestellt, „Zehrung" hieß es hier, was sich davon ableitete, dass früher die Besucher einer Beerdigung weite Wege zu Fuß zurückzulegen hatten, und für den Heimweg eine Wegzehrung benötigten. Daher war das üblicherweise auch Rindsuppe mit Nudeln und dann gekochtes Rindfleisch, es musste schließlich die Sättigung beziehungsweise Stärkung nahrhaft sein und ein paar Stunden anhalten.

Heutzutage gab es immer öfter Schnitzel, und das war dann auch für das Begräbnis des armen Leo Dörflinger so geplant.

Martin und Melanie hatten Anja dann auch gebeichtet, was sie darüber hinaus bedrückte. Anja war, wie schon erwähnt, eine starke Frau und hatte nur gefragt, ob sie sich lieben würden und zutrauten, ein Kind großzuziehen? Natürlich würden sie das, war die Antwort. Worauf Anja sagte:

„Eine Hochzeit kommt nicht infrage! Du solltest abtreiben, Melanie!"

Das Entsetzen stand den beiden ins Gesicht geschrieben. Sie hatten ja keine Ahnung, dass Martins Mutter sehr wohl gute Gründe für ihre Entscheidung hatte, egal ob so eine Hochzeit dem Nagel, also Melanies Vater, Recht gewesen wäre oder nicht.

*

Dem Nagel war das ganz und gar nicht recht. Oder sagen wir, es wäre ihm ganz und gar nicht recht gewesen, hätte er davon gewusst, was aber zu diesem Zeitpunkt noch nicht der Fall war. Seine Frau Karin hatte ihm davon nämlich genauso wenig etwas gesagt wie seine Tochter, die Melanie.

Aber etwas wusste der gute alte Nagel doch. Als Melanie zwei Wochen zuvor beim Schwangerschaftstest ihr blaues Wunder erlebt hatte, war sie nämlich so unvorsichtig gewesen, den Test in die Mülltonne zu werfen, die sowieso am Montag darauf abgeholt werden würde. Wie es aber das Schicksal oft in seiner gnaden- und rücksichtslosen Unbeirrtheit so will, hatte der Nagel am Morgen, noch bevor die Mülltonne geleert worden war, auch noch schnell etwas entsorgt. Dazu muss man jetzt aber ein wenig ausholen, um das zu verstehen.

Der Franz Nagel hatte, wie man so sagt, seit längerem eine Liaison, ein Pantscherl also, mit der Uschi Wagner. Das war eine Kundin aus Kulmbach, für die er vor einigen Monaten eine neue Küche gemacht, eingebaut – und weil ihr Gatte gerade nicht zuhause war – auch gleich eingeweiht hatte, um die Stabilität des Küchentischs einer Hardcoreprüfung zu unterziehen, wenn dieses Wortspiel hier gestattet ist.

Die Uschi war jetzt keine großartige Schönheit, aber dafür ein immer geiles Weibsbild und, man konnte sagen, was man wollte, eine Wucht im Bett. Wobei eigentlich konnte das der Franz Nagel nicht beurteilen, denn im Bett waren die beiden nie gewesen. Dafür aber, weil das mit der Küche auf Dauer zu gefährlich war, des Öfteren in seinem Lieferwagen im Wald. So ein Tischlerlieferwagen hat, damit die Möbel nicht beschädigt werden, immer ein paar mehr oder weniger saubere Matratzen geladen und natürlich ein Platzangebot, das für derartige Vergnügungen genügend Spielraum bietet. Um noch ein Wortspiel zu strapazieren: Der Nagel hatte in seinem Lieferwagen genagelt.

Er war geschickt genug, die Waldausflüge mit der Muschi, wie er die Uschi zärtlich zu nennen pflegte, wenn sie zusammen waren, so geschickt mit Lieferterminen zu tarnen, dass sich seine Frau auch nicht wunderte, warum er in letzter Zeit öfter den Lieferwagens anstatt des doch sicherlich viel bequemeren BMW nahm. Andererseits war Muschis angetrauter Ehemann oft genug beruflich einige Tage im Ausland, er war irgendein mittelhohes Tier bei einem Elektronikunternehmen, sodass sich genügend Gelegenheiten ergaben. Und weil die beiden vorsichtig waren, fuhren sie immer einige Kilometer Richtung Wels, wo sich in den Ganshofener Auen genügend Platzerl fanden, an denen sie ungestört ihrer zumindest im Sommer durchaus schweißtreibenden Betätigung nachgehen konnten.

Da weder er unfruchtbar noch die Muschi sterilisiert war, verwendeten sie zur Sicherheit Kondome. Und weil man die schlecht im Wald wegwerfen kann, entsorgte er die meist unterwegs bei irgendeinem Mistkübel. Wenn er nicht vergaß.

An diesem Montagmorgen saß er gegen fünf Uhr auf einmal kerzengerade im Bett, als ihm einfiel, dass ihm genau das nach der gestrigen, abendlichen Waldvergnügung passiert war. Das benutzte Kondom lag noch im Ladebereich des Lieferwagens und heute um sechs würde sein Geselle die Möbel für die Lieferung bei einem anderen Kunden laden. Er stand also auf, so leise es ihm möglich war, um seine Gattin nicht zu wecken, und beseitigte den Beweis seiner Sünde in der Mülltonne, die in einer guten Stunde sowieso entleert werden würde. Weil der Nagel alles war, nur nicht dumm, leerte er auch den Misteimer in der Küche gleich noch aus, damit nicht etwa seine Frau bei dieser Tätigkeit durch Zufall noch in die Mülltonne sehen müsste. Gerade, als er mit dem Inhalt des Misteimers seinen Sündbeweis auf ewige Zeiten verschütten wollte, sah er in der Tonne den benutzten Schwangerschaftstest liegen.

Seine Karin hatte eine Spirale oder war vielleicht eh schon im Wechsel, so launisch, wie sie öfter war. Der Test konnte also nur von – oh Gott! Melanie! Das Mädel war doch erst siebzehn! Wer war der Hund, der seine Tochter in eine solche Lage brachte?

Der Franz Nagel beschloss, der Sache auf den Grund zu gehen. Zuerst leerte er aber noch den Misteimer über die beiden Dinge, die ihn jetzt irgendwie fast anstarrten, wie um ihm zu sagen: Anscheinend ist dein trautes Heim gar nicht so perfekt, mein Freund, was?

*

Franz Nagel brauchte nicht allzu lange, um der Sache den Schleier der Vermutung zu entreißen und die nackten Tatsachen vor sich zu haben. Als seine Tochter am See baden war, es war die erste Ferienwoche, ging er in ihr Zimmer, öffnete ihren Laptop, den sie unvorsichtigerweise nicht mit einem Passwort gesichert hatte, weil es in ihrer Familie nie üblich gewesen war, herumzuschnüffeln, und fand recht schnell einige Emails von Martin Dörflinger, die ihm Klarheit verschafften.

Der Leo Dörflinger, also Martins Vater, war ihm verhasst, weil er auf Biegen und Brechen zu Max Nagler, seinem Schwager und dem Erzfeind des Franz Nagel hielt und auch, weil er in der Gemeinde bei jeder sich bietenden Gelegenheit auf die angeblichen Missstände seiner Parteigenossen hinwies, dieser linke Grüne!

Aber es gab da noch einen anderen Grund. Vor vielen Jahren hatte es sich der Leo einmal auf seine jetzige Frau Karin gestanden, wie man in Dumpfling so sagte, wenn jemand einer Frau Avancen macht. Er, also der Franz Nagel war aber damals schon mit Karin liiert gewesen. Bekommen hatte sie dann natürlich auch er, der Tischlermeistersohn – damals hatte noch sein Vater die Firma geleitet, der inzwischen schon lange unter der Erde war – und er hatte Karin auch ziemlich überhastet geheiratet, als sie zur Melanie schwanger geworden war. Der Leo hatte dann recht bald seine Anja geehelicht, die einen knapp zweijährigen Sohn, den Martin, mit in die Ehe brachte, von dem sie sich stets geweigert hatte zu sagen, wer der Vater sei. Die ganze Gemeinde vermutete aber, dass das eh der Leo gewesen wäre. Theoretisch, aber das wusste nur der Franz Nagel und Anja Dörflinger, hätte der Martin aber auch von ihm stammen können. So ein Dorf ist eben klein, und da kann man solche verzwickten und komplizierten Situationen nicht so einfach vermeiden.

Auf jeden Fall war diese Situation völlig untragbar. Der Sohn vom Leo, oder vielleicht sogar sein eigener Sohn, mit seiner eigenen Tochter ein gemeinsames Kind?

Der Franz Nagel hatte beschlossen, dagegen etwas zu unternehmen.

13

Über dem Steinbrecher und über dem Sunny stürzten die Wogen der Entrüstung zusammen. Dem Sunny war das mittlerweile ziemlich egal. Sein Oberst hatte ihn angerufen, nachdem sich irgendein bigotter Selbstgerechter in Linz über den schwulen Polizisten in Ganshofen beschwert hatte. Er hatte ihm zu verstehen gegeben, dass der Sunny jetzt bitte wenigstens in der Unfallsache Dörflinger etwas leiser treten sollte, bis sich die Wogen geglättet hätten, sonst würde man ihm hier womöglich noch irgendetwas unterstellen. Und in Kombination mit der – ähm – leidigen An-Und-Für-Sich-Privatsache-Aber-Bei-Polizeibeamten-Doch-Nicht-So-Ganz-Privatsache sei das im Moment wohl eher – ähm – kontraproduktiv, nicht wahr?

Der Sunny ließ das einfach über sich ergehen und hatte dann noch den Nerv, den Oberst zu fragen, ob sie das nicht besser in einem Linzer Lokal bei einem Glas Wein besprechen sollten, worauf dieser nach zwei sprachlosen Sekunden nur noch kurz grüßte und auflegte.

Ein bisschen anders war die Situation für den armen Steinbrecher, der war von den letzten Tagen gezeichnet, er konnte einem fast leidtun!

Für den frühen Abend war eiligst eine Gemeinderatssitzung einberufen worden, wo die in diesem Schmierblatt, in dem man zum allgemeinen Verdruss im Wahlkampf auch noch teure Anzeigen geschaltet hatte, gedruckten Anschuldigungen besprochen werden sollten. Der Steinbrecher wollte bei dieser Sitzung ein geschlossenes Auftreten seiner Fraktion, daher trafen sich die schwarzen Gemeinderäte drei Stunden vorher bei ihm in der Stube, um das Vorgehen zu besprechen.

Natürlich waren alle anwesend. Zumindest körperlich. Und außer dem armen, gebeutelten Bürgermeister waren sich auch alle ziemlich einig, dass nur sein sofortiger Rücktritt ein Desaster bei der nächsten Wahl zumindest noch abschwächen, obgleich wohl kaum ganz verhindern könne. Der Listenzweite und Vizebürgermeister Nagel hielt sich zwar ziemlich zurück, hatte aber im Vorfeld doch den weiter hinten auf der Wahlliste gereihten Parteifreunden glaubhaft machen können, dass gerade ihre Sitze bedenklich wackeln würden, wenn der

111

Bürgermeister bis zur Wahl im Amt bliebe. Der Dritte auf der Liste sah sich schon als neuer Vizebürgermeister und war ebenfalls gewillt, diese Chance zu nützen, und so hielt schlussendlich nur noch der Birnbaumer, der dafür durchaus seine Gründe hatte, dem Steinbrecher die Stange. Er war auf einem sicheren Platz auf der Wahlliste, was ihm diese Entscheidung natürlich erleichterte.

Nach hitziger Diskussion und nachdem man dem Steinbrecher offen angedroht hatte, einen Misstrauensantrag im Gemeinderat zu stellen, wenn er nicht nachgab, fand man dann zu einem Entschluss, mit dem die meisten leben konnten und die anderen leben mussten:

Der Steinbrecher würde noch am heutigen Abend aus Gesundheitsgründen zurücktreten, der Nagel interimistisch Bürgermeister werden und der Gemeinderat würde beschließen, die Sache restlos und kompromisslos zu klären und die Schuldigen zur Rechenschaft zu ziehen. Was jetzt dem Birnbaumer weniger gefiel, aber irgendwie würde er aus dem Schlamassel schon herauskommen, noch war ja nichts erwiesen und Gutachten waren geduldig.

Und man beschloss ferner, im Gemeinderat nach einem Jahr, in dem Gras über die Sache wachsen sollte, dem Steinbrecher den Ehrenring der Gemeinde zu verleihen, was den nunmehr bald Exbürgermeister aber kaum zu trösten vermochte.

Die Partei würde fürderhin in der betreffenden Zeitung keine Annoncen mehr schalten, das beschloss man auch noch gleich, bevor man sich dann zur Gemeinderatssitzung begab, die genauso verlief, wie man das geplant hatte. Die paar Einwürfe des roten und der beiden blauen Gemeinderäte kamen nicht einmal ins Protokoll. Für diesen Irrtum, der bei so einer turbulenten Sitzung aber verständlich sei, würde man sich bei der nächsten Sitzung entschuldigen.

*

Der Sunny kam indes in seinen Ermittlungen irgendwie gar nicht weiter. Nichts wies darauf hin, dass der Steinbrecher etwas mit dem Tod von Leo Dörflinger zu tun hatte. Sollte er sich diesbezüglich getäuscht haben?

*

Anja Dörflinger wusste, dass sie mit dem Franz Nagel sprechen musste. Und zwar dringend. Also rief sie ihn am Morgen an und bat ihn, unter einem Vorwand vorbeizukommen. Sie spürte, dass ihm das unangenehm war, aber er kam sofort, vorgeblich um ihr sein Beileid als Nachbar auszudrücken. Martin war nicht zuhause, sodass sie alleine waren. Nagel fragte sie, wo der Schuh drücke, und Anja beschloss, ihm reinen Wein einzuschenken.

„Melanie ist von Martin schwanger."

Täuschte sie sich, oder war der Franz nicht wirklich geschockt? Er bemühte sich zwar, überrascht zu wirken, aber so ganz gelang ihm das nicht.

„Was? Um Gottes Willen, wie konnte das passieren?"

„Na, wenn der Herrgott sie nicht für eine jungfräuliche Geburt ausgewählt hat, nehme ich an, sie hatten Sex.", antwortete Anja in ihrer typisch trockenen Art und Weise, die ihn vor vielen, vielen Jahren einmal so angezogen hatte, bis er sie dann ja auch ausgezogen hatte.

Was man da jetzt machen sollte, fragte der Nagel. Worauf ihm Anja zu verstehen gab, dass hier wohl nur eine Abtreibung in Frage komme, weil sie selbst nicht wisse, ob der Martin jetzt der Sohn vom Leo oder von ihm, vom Franz Nagel, sei. Das Risiko eines inzestuösen Kindes dürfe man auf keinen Fall eingehen! Nur sei die Situation eben so, dass Martin volljährig sei und zwar meist auf sie höre, aber ob er das in dieser Angelegenheit auch tun würde, sei mehr als fraglich, während Melanie eben noch minderjährig sei und er, also der Nagel, da zumindest eine Hochzeit verhindern könne und eben schauen müsse, dass sie das Kind nicht bekomme.

Der Nagel fand die ganze Situation äußerst unangenehm und verabschiedete sich daher schnell, wobei er versicherte, er würde alles in seiner Macht stehende tun, um seine Tochter zu überzeugen. Wenn es nicht anders ginge, müsse er ihr eben sagen, dass Martin womöglich ihr Halbbruder sei.

Seufzend stimmte ihm Anja zu.

*

Melanie und Martin hatten sich getroffen und waren nach Wels aufs Standesamt gefahren, um sich zu erkundigen, wie trotz der Minderjährigkeit von Melanie eine Eheschließung auch gegen den Willen der Eltern möglich wäre.

Die Auskunft war wenig befriedigend. Dazu wäre eine gerichtliche Volljährigkeitserklärung nötig, was bei geeigneter Reife grundsätzlich zwar kein Problem sei, aber ein paar Monate dauern würde, aufgrund der dafür nötigen Gutachten, etc. etc.

Und so saßen sie diesen Abend zusammen in einem Welser Cafe und spendeten sich Trost und beweinten ihr Schicksal.

*

Eines hatte die Sache auch Gutes, fand der Nagel, als er sich nach dem Mittagessen – das war der Tag, als der Steinbrecher zurückgetreten wurde – räusperte und seiner Karin sagte, er müsse da etwas mit ihr besprechen. Nach dem Gespräch mit Anja durfte er ganz offiziell über die Schwangerschaft Melanies Bescheid wissen und musste nicht erklären, dass er in der Mülltonne ... nein, das wäre schwierig geworden!

Interessanterweise war seine Frau zwar regelrecht geschockt, als sie das mit Melanies Schwangerschaft erfuhr und fiel erst Recht aus allen Wolken, als sie auch noch erfuhr, wer der Vater war, schien aber fast erleichtert, als er ihr sagte, ihre Tochter dürfe dieses Kind auf keinen Fall bekommen. Das überraschte ihn sehr, weil er ja wusste, wie seine Frau über Abtreibung dachte. In der Beziehung war sie kompromisslos, sie lehnte das stets als Mord ab. Andererseits, dachte sich der Nagel, befreit mich das aus der misslichen Lage, ihr gestehen zu müssen, dass ich möglicherweise der Vater von Martin bin, und beschloss, nicht die Dummheit zu machen, sie dazu um ihre Gründe zu fragen. Nein, man soll sein Glück nicht über Gebühr strapazieren!

Karin Nagel wiederum hatte ganz andere Gedanken. Es war ihr bestgehütetes Geheimnis und würde es nach dem Tod vom Leo auch bleiben, den sie insgeheim ihr ganzes Leben geliebt aber nach ihrer Hochzeit nie mehr an sich herangelassen hatte, dass Melanie vermutlich – ganz sicher war sie sich da nicht – Leos Tochter war und nicht die ihres Mannes. Das würde dann also bedeuten, dass Melanies Kind das Kind zweier Halbgeschwister wäre, und das durfte nicht sein. In diesem Falle würde nicht einmal der liebe Gott eine Sünde darin sehen, wenn dieses Kind nicht auf die Welt kam, da war sie sich ganz sicher.

Und daher – aber das konnte der Franz nicht wissen und sollte es auch niemals erfahren – stimmte sie sofort zu, dass Melanie das Kind abtreiben musste und ging dann in die Kirche und betete einen Rosenkranz.

14

Der Exbürgermeister Steinbrecher, das muss man ihm verzeihen, hatte wirklich üble Laune nach dem lausigsten Tag seines ganzen Lebens. Und da er selten zuvor mit solchen unverschuldeten Schicksalsschlägen konfrontiert worden war, fehlte ihm, so würde das der mittlerweile inhaftierte Herr Psychologe ausgedrückt haben, ohne sein Verschulden die dafür nötige Konfliktbewältigungskompetenz, um damit richtig umzugehen.

In seinem Leben – das nur, damit man die folgenden Handlungen, über die am nächsten Tag das Kleinformat diesmal auf der Titelseite berichten würde, auch richtig einordnen kann – war im Wesentlichen immer passiert, was er wollte. Bis gestern, oder bis heute – je nachdem, wie man das sehen wollte.

Also beschloss er, die Sache mit ein paar Klaren klarer zu sehen. Das klappte aber nicht so wirklich, egal wie viele Klare er zur Klärung heranzog, und schlussendlich war der

Steinbrecher ganz klar nicht mehr klar im Kopf. Er ging in sein sorgsam versperrtes Jagdzimmer, holte das Flobert, lud es und beschloss, den wahren Urheber der Tragödie zu Rede zu stellen.

Schon allein, dass er sich in diesem Zustand spätabends noch ans Steuer setzte, war hirnrissig. Aber gegen das, was er vorhatte, war es noch richtig vernünftig.

Er startete seinen Jeep und fuhr Richtung Ganshofen.

*

Sunny hatte um 19 Uhr pünktlich Schluss gemacht, noch ein Bier beim Kirchenwirt getrunken und war dann nach Hause in seine Wohnung gefahren, in der er unter der Woche nächtigte, während er am Wochenende, wenn es ein dienstfreies Wochenende war, meist bei seinen Eltern blieb. Das waren dann aber doch zwanzig Kilometer, außerdem brauchte er auch etwas Zeit für sich, und so hatte er sich damals die kleine Wohnung in Ganshofen genommen.

Die Wohnung war eigentlich nur ein Zimmer mit einer Kochecke, einem Bad und einer Couch samt kleinem TV Gerät. Wenn man die Wohnung durch die Tür betrat, stand man also mitten im Zimmer. Geradeaus war eine Balkontüre, wobei das im Prinzip kein Balkon war sondern nur ein kleiner, mit einem Geländer gesicherter Erker. An heißen Tagen – und heute war es heiß – öffnete der

Sunny diese Türe immer, weil seine Wohnung im zweiten Stock nach oben schlecht isoliert und dementsprechend warm war. Es war eben alles immer irgendwie ein Kompromiss. Unter dem „Balkon" stand nämlich ein großer, eiserner Müllcontainer, den diese Idioten nie schlossen, nachdem sie den Mülleimer darin entleerten. Sunny hatte also im Sommer meist die Wahl zwischen Hitze von oben und Gestank von unten.

Und in dieser Wohnung saß er jetzt und sah sich im TV eine Dokumentation auf dem History Channel an, irgendetwas über den zweiten Weltkrieg. Sunny interessierte sich nicht nur für Wissenschaft sondern auch für Geschichte, weshalb er sich auch das Pay TV leistete. Diese Dokusender waren einfach gut. Er war nur halb dabei, weil ihn diese Dörflingersache einfach nicht zur Ruhe kommen ließ. Es passte nicht zusammen. Natürlich hatte der Leo einiges herausgefunden, aber das war doch für keinen ein Grund, ihn umzubringen, oder?

Wenn es nun kein Mord war, sondern der Täter ihn bei einem Handgemenge vielleicht nur gestoßen und der Leo unglücklich gefallen wäre? Aber dann hätte der ihn nicht ersaufen lassen dürfen, so etwas war doch nicht normal!

Sunny wusste nicht, wie nahe er der Wahrheit damit gekommen war und würde es auch nie erfahren. Unten fuhr ein Auto vorbei. Sunny stellte wegen der offenen Balkontüre sein TV Gerät etwas lauter.

119

*

Der Steinbrecher wankte in seinem veritablen Rausch das Stiegenhaus hinauf, die geladene Büchse in der Hand. Endlich war er im zweiten Stock angekommen, schnaufend und schwitzend, was seinen Zorn auf diesen Mistkerl nur noch steigerte.

Er läutete. Keine Reaktion.

Er läutete noch einmal. Der Kerl war zuhause, man hörte den Fernseher. Wieder keine Reaktion.

*

Sunny glaubte etwas gehört zu haben. Er lauschte. Hatte es an der Türe geklingelt? Die Klingel war ziemlich leise. Sunny seufzte und beschloss, sicherheitshalber nachzusehen, auch wenn er keine Idee hatte, wer ihn um diese Zeit zuhause besuchen wollte.

*

Die folgenden Ereignisse liefen sehr schnell ab. Eine spätere Rekonstruktion ergab folgendes:

Nachdem er zweimal vergebens geläutet hatte, beschloss der sternhagelvolle Exbürgermeister, die Wohnungstür klinkenlos zu öffnen, nahm also Anlauf und wollte die Türe samt Gewehr in der Hand einrennen.

Genau in dem Moment, als der Steinbrecher zum Türbrecher werden sollte, öffnete Sunny die Wohnungstüre, um nachzusehen, ob tatsächlich jemand geklingelt hatte, was dazu führte, dass der Herr Exbürgermeister versuchte, eine mittlerweile offene Tür einzurennen, was wiederum zur Folge hatte, dass er mit seinem beträchtlichen Schwung – Impuls ist Masse mal Geschwindigkeit, und zumindest Ersteres hatte er zur Genüge – nicht nur in die Wohnung hinein- sondern durch die geöffnete Balkontüre auch gleich wieder hinausstürmte.

Wie bereits erwähnt, befand sich dort ein Sicherungsgitter, über welches der potentielle Eindringling einen lupenreinen, verkehrten Felgumschwung ohne Zuhilfenahme der Hände machte, deren eine ja das Gewehr hielt, nur um in der nächsten Sekunde zu merken, dass man beim freien Fall aus etwa fünf Metern Höhe nach der Formel Geschwindigkeit = Wurzel aus (2gh), wobei g die Erdbeschleunigung und h die Höhe darstellt, unten auf eine Endgeschwindigkeit von ziemlich genau 35 km/h kommt, egal ob man dabei auf der Straße oder in einer offenen Mülltonne landet.

Jedenfalls ließ sich errechnen, dass der Herr Exbürgermeister ab sofort den Rekord für den kürzesten Einbruch hielt – er war ziemlich genau einskommazwei Sekunden in Sunnys Wohnung gewesen, bevor er seinen spektakulären Abgang in die Mülltonne machte.

Der Steinbrecher hätte das, weil die Mülltonne bereits halb gefüllt war, vermutlich relativ unbeschadet überstanden, wenn nicht sein Gewehr im Fall losgegangen wäre und die Kugel den Reifen eines auf der Straße etwas zu schnell fahrenden Kombis zerfetzt hätte, worauf der Lenker des Fahrzeugs die Kontrolle verlor und die Mülltonne mit dem zwischenzeitlich einigermaßen unverletzt gelandeten Steinbrecher darin rammte.

Man könnte das jetzt noch im Detail erzählen, aber es muss genügen zu erwähnen, dass der unglückliche Attentäter neben einem offenen Oberschenkelbruch auch einen zerschmetterten Kiefer und etliche Prellungen davontrug.

Sunny stand immer noch bei der Wohnungstür. Irgendwie war das alles im wahrsten Sinne des Wortes an ihm vorübergegangen.

15

Der Herr Oberst hatte wieder angerufen.

Er hatte darauf bestanden, „Sunny aus der Schusslinie zu nehmen, zumal die Sache mit dem verunglückten Bürgermeister einer Klärung bedürfe." Insbesondere hatte man Sunny verdächtigt, den Bürgermeister über den Balkon geworfen zu haben, denn dass einer freiwillig darüber spränge, nein, davon dürfe man selbst bei einem volltrunkenen Jäger nicht ausgehen.

Was der Steinbrecher mit dem geladenen Gewehr in Sunnys Wohnung gewollt hatte, darauf konnte oder wollte sich niemand einen Reim machen.

Sunny wurde also suspendiert, und das war auch der Grund, warum die Sache Leo Dörflinger nie aufgeklärt werden sollte.

*

Am Montag darauf fand das Begräbnis von Leo Dörflinger statt. Fast die ganze Gemeinde nahm teil. Auch wenn am Land nicht immer alles eitel Wonne war, bei solchen Gelegenheiten gab es doch eine Solidarität, die man in der Stadt vergebens suchte.

Eine Beerdigung mit vielen Teilnehmern, auch solchen, die kein Naheverhältnis zum Toten hatten, hatte durchaus einen psychologischen Nutzen. Einerseits zeigte man damit den Angehörigen, dass man mit ihnen fühlte und für sie da war, andererseits lenkte die folgende Zehrung im örtlichen Gasthaus, bei der es wie so oft nach Beerdigungen spätestens nach einigen Halben Bier durchaus munter zuging, etwas von der Trauer ab. Anja und Martin würden noch genug schwere Momente haben in den nächsten Wochen, da war das kein Fehler. Mit dem Tod ist es sowieso wie mit einem Verrückten: Er selbst merkt nichts davon, aber die Umgebung leidet.

Natürlich war das Hauptgesprächsthema einerseits die Wasserproblematik und andererseits des Steinbrechers Exkurs zur Polizistenwohnung in Ganshofen, auf die man sich in Dumpfling mittlerweile einen Reim machen zu können glaubte.

Die allgemein akzeptierte Lesart war, dass der Steinbrecher auf den Sunny sauer war, weil dieser mit seinen Nachforschungen und über seinen Freund bei der Zeitung die Wasserthematik noch vor den Wahlen öffentlich gemacht hatte. Angeblich hätte der Leo das sowieso vorgehabt, weshalb man sich ziemlich sicher war, dass der Exbürgermeister auch mit dessen Tod etwas zu tun haben müsse, was man aber nur hinter vorgehaltener Hand – eh schon wissen, wie das läuft!

In diesem Punkt irrten die Dumpflinger.

*

Einige Tage nach der Beerdigung, schenkten Anja Dörflinger und Franz Nagel ihren Kindern reinen Wein ein, weil diese gedroht hatten, durchzubrennen und das Kind ohne Unterstützung der Eltern auf jeden Fall großziehen zu wollen.

Der Schock war groß. Halbgeschwister? Oder doch nicht? Was nun? Man beschloss, die Sache ein für alle Mal mit einem Gentest zu klären, auch wenn das beträchtliche

Kosten verursachen würde. Der Tischlermeister Nagel bot an, die Kosten dafür zu übernehmen.

*

Das Ergebnis kam elf Tage später.

Das Schicksal ist manchmal ein mieses Schwein, hie und da ein braver Geselle – und manchmal beides zugleich. Die genetischen Untersuchungen ergaben, dass Melanie in der Tat Leo Dörflingers Tochter war – und damit die Halbschwester von Martin? Nein, weil Martin laut diesem Test nämlich Franz Nagels Sohn war, womit die beiden nun doch nicht blutsverwandt aber dafür Karin Nagel stinksauer war, was dem Franz Nagel einige sehr unangenehme Monate und eine aufs äußerste strapazierte Kreditkarte einbrachte.

Und so wurde einige Monate später eine Hochzeit gefeiert, bei der die wenigsten wussten, dass der Brautvater eigentlich der Vater des Bräutigams und der leider verstorbene Vater des Bräutigams der leibliche Vater der Braut war, und trotzdem war alles aus inzestuöser Ebene betrachtet unproblematisch.

Epilog

Die Frage, wie genau der Leo Dörflinger zu Tode gekommen war, wurde nie geklärt.

Gerhard Sunny Sonnbauer wurde zwar von jedem Verdacht freigesprochen, aber nur aus Mangel an Beweisen, womit seine Karriere bei der Polizei zu Ende war. Kündigen konnte man ihn nicht, und so schickte man ihn mit dreißig Jahren in den Ruhestand.

Die Wahlen waren ein Kabarett für sich. Da man den Steinbrecher nicht mehr rechtzeitig von der Wahlliste hatte streichen können, bekam er bei der Wahl prozentuell die meisten Streichungen, die je in Oberösterreich ein Kandidat auf einer Wahlliste hatte hinnehmen müssen. Dicht gefolgt vom Karl Birnbaumer, der somit seinen Sitz im Gemeinderat genauso los war wie viele andere der regierenden Fraktion, während die Grünen fünf Mandate, die Roten zwei Mandate und die Blauen ebenfalls zwei Mandate erreichten, was bei dreizehn Sitzen im Gemeinderat in den nächsten Jahren lustig zu werden versprach. Zumal die Grünen damit nie gerechnet und nur vier Personen auf die Wahlliste gesetzt hatten. Das verursachte einiges Kopfzerbrechen, bis man den Grünen zugestand, jemanden nachzunominieren.

Die Bürgermeisterwahl gewann zwei Wochen darauf der nach außen hin unbescholtene Franz Nagel. Diese Wahl war nötig geworden, weil ja der Steinbrecher als Bürgermeisterkandidat ausfiel. Nagel würde damit gegen eine Mehrheit der anderen Parteien regieren müssen.

Wie aber war Leo Dörflinger jetzt wirklich gestorben? Sollen wir das Geheimnis also lüften, das in Dumpfling nie gelüftet werden würde? Na gut:

Am Morgen des damaligen Festsonntags mit der Rede des sehr verehrten Herrn Landeshauptmanns und der legendären Talentpredigt des Herrn Pfarrer hatte Leo Dörflinger gerade im Sonntagsanzug in Richtung Max Nagler gehen wollen, um ihn abzuholen. Dabei hatte ihn Franz Nagel besucht und wegen der ihm bekannt gewordenen Schwangerschaft seiner – aus seiner Sicht damals noch leiblichen – Tochter zur Rede gestellt. Der Leo hatte von alldem natürlich nichts gewusst und es entspann sich eine Diskussion, die zunehmend hitziger wurde, bis der Nagel dem Leo am Rande der Jauchegrube einen Stoß verpasste, der aber sicherlich nicht darauf abzielte, ihn umzubringen. Vielmehr war das so ein Stoß vor die Brust, mit der ein Alphatier seinem Kontrahenten zu verstehen gibt, wer das Sagen hat.

Leider verlor Leo daraufhin das Gleichgewicht und fiel über die Einzäunung der Jauchegrube, wobei er mit dem Kopf am Beton aufschlug und in der Gülle ertrank. Franz

Nagel bekam Panik und lief davon. Hätte er Leo herausgezogen, wäre dieser zu retten gewesen.

Und so musste Dumpfling die nächsten Jahre mit einem Totschläger als Bürgermeister auskommen und Melanie und Martin bekamen ein Kind, dessen Großvater den anderen Großvater auf dem Gewissen hatte, was aber alles außer dem Nagel keiner wusste.

Und somit lebte in Dumpfling spätestens nach der Sanierung der Quelle alles wieder in idyllischem Frieden.

Bis … aber das ist eine andere Geschichte!

Impressum:

Inhalt © Dipl. Ing. Günter Leitenbauer

Email: guenter@leitenbauer.net

ISBN: 9783738647310

Herstellung und Verlag: BoD - Books on Demand,
Norderstedt